Ein ganz gewöhnlicher Mensch, sein ganz gewöhnliches Leben und sein ganz gewöhnliches Ende. Aber nichts an Lukas Bärfuss' neuem Roman will uns gewöhnlich erscheinen. Denn das Ende ist ein Suizid, und der ihn verübt hat, ist sein Bruder. Bärfuss spürt dem Schicksal des Bruders nach und begegnet einem großen Schweigen. Das Thema scheint von einem großen Tabu umstellt. Und von einem Geheimnis. Warum nannten seine Freunde ihn Koala? Wie kam er zu diesem Namen? Die Spurensuche wird zum Versuch der Selbtsvergewisserung. Über die Frage, warum jemand willkürlich den Tod gesucht hat, dringt Bärfuss zu einer anderen vor: Welche Gründe gibt es, sich für das Leben zu entscheiden?

LUKAS BÄRFUSS geboren 1971 in Thun/Schweiz, ist einer der erfolgreichsten deutschsprachigen Dramatiker. Seine Stücke werden weltweit gespielt. Sein Debütroman »Hundert Tage« wurde ein enormer Erfolg, der für den Deutschen und den Schweizer Buchpreis nominiert war und in 15 Sprachen übersetzt wurde. Für seinen Roman »Koala« erhielt Lukas Bärfuss den Schweizer Buchpreis 2014. Er lebt in Zürich.

Preise u.a.: Erich-Maria-Remarque-Friedenspreis (2009), Hans-Fallada-Preis der Stadt Neumünster (2010), Kulturpreis Berner Oberland (2011), Berliner Literaturpreis (2013), Solothurner Literaturpreis (2014), Thuner Kulturpreis (2014), Schweizer Buchpreis (2014) sowie Nicolas-Born-Preis (2015).

Lukas Bärfuss

KOALA

Roman

btb

Für T.

Man hatte mich in meine Heimatstadt geladen, damit ich einen Vortrag über einen deutschen Dichter halte, der zweihundert Jahre früher, an einem Tag im November, am Wannsee in Berlin eine Mulde gesucht und danach seiner Freundin Henriette Vogel ins Herz und schließlich sich selbst eine Kugel in den Rachen geschossen hatte. Im Rathaus, einem mächtigen Bau aus dem sechzehnten Jahrhundert, am zentralen Platz gelegen, sollte ich im großen Saal einige Gedanken zu diesem Mann und seinem Werk äußern, und da diese Stadt klein ist und die Gasthäuser früh schließen, es nach dem Vortrag also zu spät sein würde, um noch eine ordentliche Mahlzeit zu finden, setzte man sich schon gegen sechs Uhr abends in ein Lokal am Ufer des Flusses, der jene Stadt in zwei Armen durchschneidet.

Neben den Leuten, die diesen Anlass organisiert hatten, traf eine halbe Stunde später, nachdem das Essen bereits bestellt war, mein Bruder ein und setzte sich zu uns. Ich hatte ihn vor ein paar Wochen angerufen und über meinen Besuch in der alten Heimat informiert, obwohl ich sicher war, dass ihn der Inhalt meines Vortrags, das dunkle, teilweise schwerverständliche Werk eines deutschen Dichters vom Ende des achtzehnten Jahrhunderts, wenig interessieren würde. Wir hatten selten Gelegenheit, uns zu sehen; mein Bruder bewegte sich kaum aus jener Stadt heraus, die ich dreiundzwanzig Jahre früher nicht ganz freiwillig verlassen und seither gemieden hatte. Wir führten verschiedene Leben, außer der Mutter und einigen nicht ausschließlich angenehmen Kindheits- und Jugenderinnerungen teilten wir wenig, und gewöhnlich reichten uns zwei Stunden, um der still empfundenen Verpflichtung, sich als Brüder nicht ganz aus den Augen zu verlieren, Genüge zu tun.

Ich sehe das Bild, wie er an jenem Tag Ende Mai das asiatisch angehauchte Lokal mit vornehmlich jungen Gästen betrat und sich vor dem Hintergrund einer Fensterfront, die den Blick auf ein paar Weiden, den Fluss und die erste Häuserzeile freigab, nach uns umsah, ein schlanker Mann jenseits der vierzig, gepflegt, freundlich, zurückhaltend, ein Junggeselle, wie auf den ersten Blick zu erkennen war. Er setzte sich neben mich, verzichtete auf das Essen und bestellte ein Bier. Am Gespräch über die Literatur und die Struktur der hypotaktischen Satzkonstruktionen, für die jener Dichter und Selbstmörder berühmt ist, beteiligte sich mein Bruder nicht. Er nippte schweigend an seinem Glas. Mir fiel ein, wie er diese Situation vorausgesehen hatte, als er am Telefon meinte, er habe keine Lust, sich in einer Gruppe meiner Verehrer zu finden, er verabscheue nichts so sehr wie Speichellecker. Meine Antwort, es werde sich bestimmt Gelegenheit zu einem Gespräch ergeben, wurde Lügen gestraft, und ich fühlte mich von Minute zu Minute unbehaglicher. Da man in diesem Lokal auf langen Bänken saß, berührten sich unsere Körper, etwas, das ihm zusätzlich unangenehm zu sein schien. Er rutschte auf der Bank hin und her, suchte nach Distanz, und ich fühlte, dass ihn nur die Höflichkeit daran hinderte, sich zu verabschieden, und obwohl auch mir, wie gesagt, die Situation keine Freude machte, war ich diese Stimmung gewohnt, das Schweigen erstaunte mich nicht, sein Schmollen war mir nur allzu vertraut.

Dann und wann wechselten wir ein paar Sätze, wenn der Kellner die Getränke oder das Essen brachte und eine Pause entstand. Ich erfuhr, dass es ihm nicht gutging, es Probleme mit einer Frau gab, die er vor einigen Jahren kennengelernt hatte und mit deren Liebe es nun, so befürchtete er, zu Ende ging. Die Situation erlaubte nicht, Einzelheiten zu erörtern, wir hätten dies aber wohl auch nicht getan, wenn wir alleine und ungestört gewesen wären. Wenn es eine Vertrautheit zwischen uns gab, dann beschränkte sie sich auf ein komplizenhaftes Schweigen, ein Reden in Andeutungen, das niemals auf den Grund der Dinge stieß.

Kurz vor acht Uhr wurde die Rechnung beglichen, man stand auf, um in das Rathaus hinüberzuwechseln, er aber, der in der Notschlafstelle erwartet wurde, zum Nachtdienst, wo er den Bettlern und Drogensüchtigen, die sonst kein Obdach hatten, Decken und Betten zuwies, verabschiedete sich und stieg auf sein himmelblaues Fahrrad, ein eigentümliches Gefährt, das einem Motorrad nachempfunden war, mit hohem Lenker, tiefem Sattel und breiten Reifen. Es passte weder zu seinem Alter noch zu seiner Person, eine Tatsache, die ihm bewusst war und aus der er eine diebische Freude bezog. So entfernte er sich in die Dämmerung, entschwand zwischen den Spaziergängern, die sich am linden Frühlingsabend erfreuten.

Der Vortrag fand statt, ich ließ das Bild eines Mannes auferstehen, dem, wie er formuliert hatte, auf Erden nicht zu helfen war, ein ehemaliger Soldat, der irrlichternd durch Europa gereist und für einige Monate auch in dieser Stadt gestrandet war, auf einer Insel in der Aare, am Rande eines Bürgerkrieges, um sich in eine einfache, bescheidene Existenz als Bauer zu schicken, eine Halluzination, der er wohl nur deshalb gefolgt war, um daran zu scheitern. Ob es die Anrufung dieser Existenz war, der Gewalt, die er gesehen und verursacht hatte, als Kindersoldat bei der Belagerung von Mainz etwa, ein unbeschreibliches Gemetzel, wie alle versichern, die dabei gewesen sind, alle, mit Ausnahme jenes Dichters, der an jene Kanonade nur die süßesten Erinnerungen aufbrachte, nicht an die siebentausend

Leichen dachte, die verstreut um die Stadt lagen, sondern an die ersten Aufwallungen des Gefühls, was immer er damit gemeint haben könnte, ob es an meinem Unbehagen lag, einen Doppelselbstmord zu feiern oder, besser gesagt, einen Mord und einen Selbstmord, oder einfach an jenem blauen Frühlingsabend, der mich aufkratzte, kann ich nicht sagen. Sicher ist nur, dass ich es nach dem Ende des Vortrags eilig hatte, in das nächste Gasthaus zu kommen. Zwei alte Freunde aus meiner Schulzeit begleiteten mich. Die Wirtschaft lag nur einige Schritte vom Rathaus entfernt, auf der gegenüberliegenden Seite des Platzes, und ich weiß nicht, ob eine Bedeutung darin zu finden ist, dass sie den Namen ›Zu Metzgern‹ trug und an ihrer Fassade ein goldener Löwe angebracht war, ein Löwe, der ein mächtiges Schlachterbeil präsentierte, jedenfalls stürzte ich unverzüglich zwei, drei Gläser Bier hinunter, jeweils begleitet von einem klaren Schnaps. Die Gasthäuser, wie erwähnt, schließen in jener Stadt zeitig, und so wechselten wir nach der Polizeistunde bereits etwas angetrunken ein paar Häuser weiter, in ein schummriges Lokal, das über eine schmale Treppe zu erreichen war und wo wir die einzigen Gäste waren, mit Ausnahme von zwei attraktiven Damen, Königinnen der Nacht, die an der Bar saßen. Eine davon war eine asiatische Schönheit namens Daisy, mit der ich in den folgenden Stunden die Bekanntschaft machte, mit jedem Glas mehr erheitert über ihre lückenhaften Sprachkenntnisse, die Anlass zu reizenden Missverständnissen wurden. Sie fand es aufregend, einen Schriftsteller zu unterhalten, und ich war erstaunt, wie aufmerksam sie meinen Ausführungen folgte, ein aufrichtiges Interesse für meine nicht leicht verständlichen Interpretationen gewisser dunkler Stellen im Werk jenes Dichters aufbrachte. Als erster Mensch schien sie ein Verständnis für jenes ungeheuerliche Komma aufzubringen, das in einer seiner Erzählungen einen ganz gewöhnlichen Satz während einer Versöhnungsszene zwischen Vater und Tochter in die Beschreibung der masturbierenden Mutter verwandelt, die diesem Moment von den beiden unbemerkt beiwohnt. Jedenfalls klebte Daisy an meinen Lippen und amüsierte sich über mein Interesse für onanierende Mütter, und als ich um vier Uhr morgens in der menschenleeren Gasse stand, trauerte ich weniger dem in ein paar Stunden verprassten Vortragshonorar nach, sondern vielmehr jener Daisy, die sich, als die letzte Runde angekündigt wurde, rasch in den Feierabend verabschiedet und mich mit meinen literarischen Erörterungen und der offenen Rechnung zurückgelassen hatte.

Da meine Verbindungen zu dieser Stadt nur noch lose waren, hatte man ein Zimmer gebucht, in einem Hotel in der Nähe des Bahnhofs, wohin ich nun geschwankt sein muss. Vielleicht karrte mich auch ein Taxi die paar hundert Meter, ich kann es nicht sagen. Bloß an den Nachtportier erinnere ich mich, oder vielmehr an meine Scham, als er den Meldezettel auf die Theke legte und ich es beim besten Willen nicht zustande brachte, den Stift richtig in die Hand zu nehmen, geschweige denn meine Unterschrift auf das Papier zu setzen. Der Mann hatte bald ein Einsehen und meinte, ich könne dies am nächsten Morgen nachholen, wenn ich ausgeschlafen sei, und so werde ich mich auf das Zimmer begeben und auf das Bett geschmissen haben. Dort fand ich mich ein paar Stunden später angezogen und mit den Schuhen an den Füßen wieder; die Sonne, die zu hell auf meinen Kopf schien, und ein Blick auf die Uhr mahnten mich zur Eile. Nach einer kalten Dusche und einem weichen Ei im Frühstücksraum eilte ich zurück aufs Zimmer und übergab mich in das Klosett. Danach stürzte ich hinaus in die Gasse, ich kann mich nicht erinnern, aus welchem Grund, ob ich etwas suchte, eine Schmerztablette vielleicht, oder ob ich meinen Kreislauf in Gang bringen wollte, jedenfalls irrte ich eine Weile benommen durch die Lauben, bestrebt, den Menschen auszuweichen, bevor ich mich auf die Terrasse des Hotels setzte und versuchte, die Strömung des Flusses und den Straßenlärm zu ignorieren und mich auf eine Journalistin des lokalen Radiosenders zu konzentrieren, die Fragen zum vergangenen Abend stellte, wissen wollte, wie ich mich an diesem sonnigen Morgen in meiner alten

Heimatstadt fühle. An meine Antworten erinnere ich mich nicht, aber ich war erleichtert, als die halbe Stunde vorbei war und ich mich auf den Weg zum Bahnhof machen konnte. Ich wünschte nur, niemanden zu treffen und keinem Menschen zu begegnen, und als ich mich endlich in einem Abteil niederließ und sich der Zug in Bewegung setzte, sagte ich mir, dass alles schlimmer hätte enden können und das Wiedersehen mit meiner alten Heimat glimpflich verlaufen sei. Meinen Bruder aber habe ich nie wieder gesehen.

Das letzte Lebenszeichen meines Bruders erreichte mich im November darauf. An einem Sonntag schickte ich eine Kurznachricht, in der ich ihm zum Geburtstag gratulierte. Ich saß am See, der Tag war warm, Martinisommer, über dem Wasser kreisten die Möwen, Ausflügler promenierten, und da ich nicht sicher war, ob ich mich an das richtige Datum erinnert und er nicht schon am Vortag gefeiert hatte, formulierte ich meinen Glückwunsch vorsichtig, eher als Frage. Minuten später traf seine Antwort ein, ja, schrieb er in seiner Mundart, heute seien es genau fünfundvierzig Jahre und er freue sich aufrichtig, dass ich daran gedacht habe. In diesem Dank erkannte ich einen kleinlichen, aber nicht unberechtigten Vorwurf, denn obwohl ich es billig, um nicht zu sagen schäbig fand, ihm auf diese Weise zu gratulieren und nicht etwa mit einem kartengeschriebenen Gruß, war es doch das Äußerste an Aufmerksamkeit, das ich seit langer Zeit für ihn aufgebracht hatte. Geburtstage waren verstrichen ohne Nachricht, und ich nahm mir vor, öfter an meinen Bruder zu denken und ihn zu einem größeren Teil meines Lebens werden zu lassen, mehr noch, ich weitete diesen Vorsatz auf andere Menschen aus, um die ich mich wenig gekümmert hatte. Danach muss ich mich erhoben und einer Tätigkeit zugewandt haben, die mir damals unaufschiebbar schien, an die ich heute jedoch nicht die leiseste Erinnerung besitze. Meine Aufforderung, an diesem Tag nichts aus- und es gehörig knallen zu lassen, ließ er unbeantwortet.

Was ich nicht wissen konnte: Sechs Tage zuvor, an einem Montagnachmittag, an dem ich, wie mein Kalender mir später verriet, mit den Kindern einen Wildpark besuchte, hatte sich mein Bruder an einen Tisch gesetzt und mit schwarzem Kugelschreiber zuerst seinen Namen, das Datum seiner Geburt und jenes bestimmten Tages, dazu die Uhrzeit auf einen Bogen Papier gesetzt. Und während wir im weitläufigen Gehege nach dem Wolfsrudel suchten, das sich im Unterholz versteckte, formulierte mein Bruder seinen letzten Willen. Die Verteilung seines Besitzes nahm anderthalb Seiten und fünfzig Minuten in Anspruch, bevor er kurz nach fünfzehn Uhr abschließend bestimmte, dass man von einer Organspende absehen und seine Asche im See verstreuen solle.

Sechs Wochen später, kurz vor Weihnachten, rief mich eine unbekannte Frau an und überbrachte die Nachricht seines Todes. Die Frau erwies sich als seine Vorgesetzte, die ihn zum Dienst in der Notschlafstelle erwartet und nach einigen vergeblichen Anrufen schließlich einen Freund meines Bruders und danach die Polizei informiert hatte. Ihre Stimme war sanft, vorsichtig, als sie mir mitteilte, dass man ihn Stunden zuvor in der Badewanne seiner Wohnung gefunden habe. Sie gab mir die Nummer eines Mannes, den ich von früher flüchtig kannte und der die Leiche gemeinsam mit einem Freund entdeckt hatte. Nach einigen Worten des Beileids, für die ich mich bedankte, hängte sie auf, und ich hatte keine Ahnung, was ich nun tun sollte.

Vielleicht eine, vielleicht zwei Stunden blieb ich in meinem Lehnstuhl sitzen und weinte, erstaunt über die Automatik, mit der mein Körper geschüttelt wurde, nur weil ich Worte, eine unerfreuliche Nachricht vernommen hatte. Man hatte mir nichts getan, alles war wie fünf Minuten zuvor. Das Radio spielte dieselbe Musik, die Tasse stand da, wo ich sie vor dem Gespräch hingestellt hatte, der Kaffee war noch warm, selbst der Nachbar rauchte auf dem Balkon an derselben Zigarette.

Irgendwann wählte ich die Nummer des Mannes, der meinen Bruder gefunden hatte. Er bestätigte den Bericht der Vorgesetzten. Ich erinnere mich, dass zu Beginn dieses Gespräches eine Beklemmung entstand, weil der Freund sich verpflichtet fühlte, mir als Bruder des Verstorbenen zu kondolieren – und ich dasselbe ihm gegenüber als Freund empfand, der ihn besser gekannt hatte als ich. Vielleicht lag es an dieser ungeklärten Situation, wer nun wem das Beileid auszusprechen hatte, dass ich mich schuldig fühlte und versprach, noch am selben Tag in unsere Heimatstadt zu reisen. Was ich dort wollte und wozu man mich benötigen könnte, war mir nicht klar, aber ebenso wenig wusste ich, was ich sonst hätte tun sollen, und ich vermutete, dass dies den ganzen Tag so bleiben würde.

So machte ich mich auf, nahm am Bahnhof wieder den Zug, den ich erst ein halbes Jahr vorher bestiegen hatte, und wie damals war der Anlass ein Selbstmord. Als ich ankam, hatte die Dämmerung eingesetzt, und nach einem Fußmarsch von zehn Minuten, der mich in die Gegenden auf der Rückseite des Bahnhofs und durch erstaunlich schmale Straßen und verblüffend lebendige Kindheitserinnerungen führte, kam mir auf der Straße ein Mann entgegen, in dem ich den Freund meines Bruders erkannte. Nach einer stillen, aber herzlichen Begrüßung führte er mich in sein Haus jenseits der Geleise, die tiefer in die Berge führten, dem Hochgebirge entgegen, das sich dunkel am Horizont erhob.

Sein Haus war ein einstöckiges Gebäude, das wir durch den Garten betraten. An einem Tisch saß ein Mann, den ich seit Jahren nicht gesehen hatte. Er war jünger als der Hausbesitzer, und es erwies sich, dass sie gemeinsam die Wohnung des Toten betreten hatten und den Schrecken teilten, der von der frischen Leiche eines Freundes ausgeht. Aber es schien, als habe dieser Schrecken mit verschiedenen Griffeln in ihre Gesichter geschrieben und bei jenem, der am Tische saß, harte, wütende Zeichen hinterlassen, beim anderen aber, dem Hausbesitzer, weiche und erstaunte.

Noch vor wenigen Tagen, so erzählten sie mir, hatten sie mit meinem Bruder an jenem Tisch gesessen und die Würfel geworfen, einen Abend, wie sie übereinstimmten, in gelöster, wenn auch nicht ausgelassener Stimmung verbracht. Die leichte Bedrückung, die sie an meinem Bruder bemerkten, beunruhigte weder den einen noch den anderen, nicht nach den Zeiten, die mein Bruder durchgemacht hatte, nicht nach dem, was sie über seine Launen wussten.

Jeder von ihnen, so stimmten sie überein, habe an jenem Abend Partien gewonnen und verloren, das Glück und das Pech seien gerecht auf die drei Spieler gefallen, ein Omen habe sich nicht gezeigt. Man müsse wohl, darin waren sich die Männer einig, gewisse Worte heute als Andeutungen verstehen. Ja, er werde sich verabschiedet haben, im Geheimen, er für sich alleine, ohne sich zu offenbaren.

Nach diesen Worten fielen beide in ein Schweigen, als kehrten sie zu jenem Moment zurück, der ihnen vor drei Tagen als ein Abschied zur Nacht erschienen, tatsächlich eine Trennung für immer gewesen war.

Später, nachdem der Geist das von Kerzen spärlich beleuchtete Zimmer wieder verlassen und die beiden Freunde sich gefasst hatten, bestanden sie darauf, dass jedes Erstaunen über seine Tat unangebracht sei, er seinen Entschluss bei vollem Bewusstsein getroffen habe. Die Entschlossenheit, mit der mein Bruder ans Werk gegangen sei, entspreche ganz und gar seiner Persönlichkeit, die Tat widerspiegle seinen Charakter, und man müsse ihm für die Umsicht Respekt zollen. So habe er die Wohnungstür entgegen seinen Gepflogenheiten nicht abgeschlossen, damit beim Betreten der Wohnung keinerlei Gewalt nötig sein würde und unnötiger Sachschaden vermieden werden konnte. Und er hatte seinen spärlichen Besitz geordnet, die Leihgegenstände mit Haftnotizen versehen, darauf die Namen der Eigentümer.

Er habe es gewollt, meinte der Jüngere, er könne dies bezeugen, denn mehr als einmal habe man bei einem Bier, halb im Spaß, halb im Ernst die beste Methode für einen sauberen Abgang erörtert, und sie seien sich einig gewesen, dass kein besserer, schmerzloserer Weg zu finden sei als eben jener, den er nun gewählt habe. Bei dieser Gelegenheit nannte er meinen Bruder bei dessen anderem Namen, den ich seit vielen Jahren nicht mehr gehört hatte, den man ihm als Kind bei den Pfadfindern gegeben hatte und der unter Eingeweihten als geheimer Ruf, als Totem zirkulierte, der Name eines Beutelsäugers, eines Tieres vom anderen Ende der Welt.

Danach setzte wieder ein Schweigen ein, jedoch ein anderes, eines, das nicht von einem Geist rührte, kein außergewöhnliches, kein Schweigen der Aufmerksamkeit, eines, das zu dieser Gegend gehörte und das mir nur zu vertraut war.

Wenn einer in jene Stadt kommt, die er dreiundzwanzig Jahre zuvor verlassen hat, an einem Wintersonntag, im ersten Schneegestöber, von einem Vorortbahnhof aus, mit einem Koffer in der Hand, einem Koffer aus brauner Pappe, den er Jahre zuvor von einer alten Dame überreicht bekommen hat, einer Dame, die in einem weitläufigen Haus lebte, alleine, als Witwe oder als ledige Frau, man vermag es nicht mit Sicherheit zu sagen, ein Haus, nebenbei gesagt, in dessen Stall der junge Mann morgens und abends fünf verlorene Rinder zu versorgen hatte, Rinder, die ihn jeweils mit einem Husten begrüßten, wenn also dieser Mann nun mehr oder weniger unfreiwillig in seine Heimatstadt zurückkehrt, dann wird er als erste Maßnahme seiner kurzzeitigen Eingliederung in diese Gesellschaft den Wortschatz reduzieren, die Sätze verklumpen lassen. Er wird alles vermeiden, was geschmeidig, anmutig oder gebildet erscheinen könnte. Kaum aus dem Zug gestiegen, spricht er nur in Brocken, bestellt am Kiosk die Zigaretten mit zwei, drei dumpfen Worten und wird selbst unter Bekannten seiner Seele keine Satzgirlanden verleihen. Viele Worte, so hat er als Kind gelernt, verliert allein der Hausierer, einer, der etwas verkaufen will, um das niemand gebeten und für das keiner Verwendung hat. In dieser Gegend geht man stumm durchs Leben, höchstens die Mädchen dürfen schwatzen, bis auch sie früher oder später erwachsen werden und sich in das Schweigen zu finden haben. Und falls der Besucher Fragen hat, die ihn umtreiben und von deren Antworten er sich eine Beruhigung der Seelenlage verspricht, dann wird er sie für sich behalten müssen, denn in dieser Gegend gelten Fragen nie als Ausdruck der Beteiligung, sondern als unangebrachte Neugier. In jeder Frage steht eine Anklage.

Und deshalb schwieg ich in jenem Haus an jenem Abend und hörte einfach zu, weil ich den Freunden, die sich so schuldig fühlen mussten wie ich, nicht mit übertriebener Neugier zu nahe treten wollte, und auch weil ich wusste, dass sich Wissen, zumal jenes über den Selbstmord, hier anders verbreitete als über das gesprochene Wort. Das Wesentliche lag im Ungesagten, in den Blicken, in den Gesten, den unausgesprochenen Gedanken, die als Gekräusel auf einer Stirn sichtbar wurden, als Lippen, die sich verkneifen.

Später am Abend wechselten wir in die Wohnung der Stiefmutter meines Bruders, ein paar Straßen weiter. Sein Vater lag ohne Bewusstsein im Krankenhaus, die Folge eines Hirnschlags, den er ein paar Wochen zuvor erlitten hatte. Wir kamen überein, mit der Trauerfeier zu warten, bis der Vater so weit genesen war, um die Nachricht vom Selbstmord seines Sohnes entgegennehmen zu können. Danach setzten wir die Todesanzeige auf, die erste Gelegenheit, bei der ich mich nützlich machen konnte. Ich erinnere mich an einen kurzen Streit über die Frage, in welcher Sprache die Anzeige verfasst werden sollte, in der Mundart oder der Hochsprache. Mehr gab es an jenem Abend nicht zu besprechen. Ich kehrte nach Hause zurück, in mein Leben, jedenfalls versuchte ich es.

Seine Habseligkeiten waren rasch verteilt. Die Uhr, Marke Tissot, das blaue Fahrrad, das man abgeschlossen am Bahnhof fand, die beiden Backgammon-Koffer, der braune, der ihm mehr bedeutet hatte als der schwarze, die Schachtel mit den Präzisionswürfeln aus Monte Carlo, die Pink Floyd-CDs und jene von Chris Rea, der Esstisch und die Stühle, die Comicsammlung, die an mich ging, das Bett, die rote und die schwarze Lederjacke, das graue Schraubenschlüssel-Set, das Mobiltelefon, die paar Franken, die auf seinem Konto lagen – alles wurde über die Stadt und das Land verstreut, jeder, der ihm nahe gewesen war, erhielt seinen Anteil, so wie mein Bruder es in seinem Testament bestimmt hatte. Nichts blieb zusammen. Die Dinge, so schien es mir, die sich im Leben an die Person binden, um die man sich bemüht, damit sie nicht verlorengehen, mit denen wir uns umgeben und an denen uns die anderen erkennen, lösen sich nach dem Tod von den Menschen, es ist, als würde ein Stern erlöschen. Die Planeten, die er an sich gebunden hat, lösen sich aus der Verbindung, sie entfernen sich von ihrem Zentralgestirn, und ihre Materie wird gleichmäßig im Universum verteilt.

Bis in den Sommer suchte ich nach einer Frage auf die Antwort, die er uns allen gegeben hatte. Ein Juli, die Hälfte des Augusts, Streifzüge durch die Hochebene, über die Moore, besetzt von unbekannten Blüten, silbrig, fädig, kleine Wimpel, unerreichbar im Hochmoor. Mit den Kindern und Freunden verbrachte ich die warmen Monate in unserem Haus in den Bergen, matte Tage auf der Terrasse, unter uns der Garten, wo die Malven und die Kresse wucherten. Es war nicht Trauer, die mich jede Minute begleitete und mich in ein ewiges, ermüdendes Karussell der Gedanken zwang, jedenfalls nicht das, was ich mir unter Trauer vorgestellt hatte. Ich fühlte keinen Verlust, er fehlte mir nicht, jedenfalls nicht mehr als damals, als er noch am Leben war.

Wir sammelten Heidelbeeren, die Kinder füllten ihre Gefäße und lachten darüber, wie geschickt der

Hund mit seiner Schnauze die Früchte von den Zweigen löste. Mich verfolgten Bilder, die jemand anders gesehen und mir in den letzten Monaten zugetragen hatte. So sah ich immer wieder die rote Lederjacke, mit der er sich in die Wanne gelegt haben soll, ich versuchte mir einen Reim auf die Bemerkung des Freundes zu machen, an der Farbe des Gesichts habe er gleich erkannt, dass sie zu spät gekommen waren. Ich fragte mich, welche es gewesen sein könnte, und weil ich keine gültige Antwort fand, nahm in meiner Vorstellung das Gesicht meines toten Bruders mit jedem Mal eine andere Farbe an, das Spektrum des Regenbogens von Violett bis Gelb.

Ebenso versuchte ich wieder und wieder, mir seine Wohnung vorzustellen, in der ich nie gewesen war, und ich redete mir aus unbekannten Gründen ein, das Haus müsse an einem Hang gelegen haben, was in Wirklichkeit nicht zutraf. Die Küche sah ich linker Hand, das Bad am Ende des Korridors, das Wohnzimmer rechts, ich versuchte meine Vorstellung zu vervollständigen, bis ich bemerkte, dass mich meine Gedanken an der Nase herumführten. Es war meine eigene Wohnung, jene, die wir damals bewohnten, mit einigen Änderungen, unwesentlichen Variationen. Das Bad, wo sie ihn gefunden hatten, sah ich etwas größer, was ich ihm gewünscht haben mag, um mich von meinen Schuldgefühlen zu entlasten, denn unser Bad war klein und eng. Der Duschvorhang in meiner Vorstellung war nicht zugezogen, doch zur rechten Seite gerade so weit gerafft, dass mir der Blick auf sein Gesicht verwehrt blieb. Und weil ich die ersten Stunden nach dem Anruf seiner Vorgesetzten von einer mit Wasser gefüllten Wanne ausgegangen war, vermochte ich dieses Bild nicht aus meinen Gedanken zu löschen. Es blieb, obwohl ich, wie gesagt, bald darüber informiert wurde, dass er sich in die leere Wanne gelegt und sich die tödliche Injektion gesetzt hatte. Die Aufklärung dieses Missverständnisses tröstete mich, unvernünftigerweise, denn jene Methode, bei der man sich in das warme Wasser legt und die Pulsadern öffnet, soll, wie ich später erfuhr, nicht besonders schmerzvoll sein, durch das austretende Blut natürlich schmutzig – um jenes Wort zu benutzen, das in der Zeit danach, wenn die Rede auf seinen Tod kam, einige Male fiel, das heißt, eigentlich nicht fiel, von dem die Rede war, ohne dass es jemand ausgesprochen hätte. Denn er hatte keinen Schmutz hinterlassen, sich deswegen in die Wanne gelegt, damit beim Tod austretende Körperflüssigkeiten umstandslos weggespült werden könnten und die Wohnung nicht verunreinigen würden.

Ich fragte mich, ob er damit gerechnet hatte, wie gerade durch diese Rücksicht die Exkremente in der Vorstellung gegenwärtig wurden und die Sauberkeit, von der alle sprachen, ihr Gegenteil aufsteigen ließ. Und hatte er sich als unrein, seinen Körper als Hülle für den Unrat betrachtet, den wir enthalten und der, kaum haben wir den letzten Atemzug getan, durch alle Öffnungen ans Licht treten will? Es schien, als habe mein Bruder Rücksicht bewiesen, indem er den Aufwand zur Entsorgung seiner Leiche auf die Reinigung einer Badewanne beschränkte, aber ich sah darin einen sarkastischen Kommentar zu den Ansichten der Reinlichkeit, die in jener Gegend vertreten wurden, dass die größte Zumutung eines Selbstmörders nicht sein Tod, sondern der Schmutz sei, den er hinterlässt.

Über steile Pfade stiegen wir den Alpen entgegen, und während sich meine Freunde an der geologischen Faltenbildung begeisterten, stellte ich fest, wie selten man von Selbstmördern hörte, die eines Tages von der Bildfläche verschwanden, einen Abgrund suchten, in den sich niemand würde abseilen können, um ihren Körper zu bergen. Wenige auch, die sich im Wald in eine Mulde legten, damit das Wild sie fraß, bevor jemand ihre Überreste auffand. Die wenigsten entfernten sich spurlos, die meisten töteten sich mitten unter uns. Sie wussten: Früher oder später würde jemand auf ihre Leiche stoßen. Und wenn auch die Gründe privat sein mochten, der tote Körper war öffentlich, eine Verwaltungssache, eine gesellschaftliche Affäre. Eine Leiche musste aus dem Haus in die Gerichtsmedizin getragen werden. Es würde eine Akte anzulegen sein, doch selbst wenn die Leiche verbrannt oder vergraben war, blieb der Tote eine unerledigte Sache. Man wurde mit einem Selbstmörder nicht fertig, niemals. Daran entzündete sich mein Zorn, ich war wütend, dass ich mich nicht mit den Kindern an den Gämsen erfreuen konnte, die hoch oben von Fels zu Fels sprangen, sondern stets von neuem in den Mahlgang der Gedanken gezwungen wurde.

Nachdem ich mir wochenlang mit diesen und tausend anderen Fragen das Hirn zermartert hatte, begann ich, mit mir selbst Gespräche zu führen, und leider nicht nur leise, sondern bisweilen mit Stimme, und leider nicht nur für mich alleine, sondern bisweilen in Gesellschaft, wie etwa beim Besuch von Freunden, auf dem dortigen Klo, und leider in einer Lautstärke, die durch die Tür gedrungen sein musste, was zu einer Versammlung zunächst empörter, danach besorgter, schließlich betretener Gesichter führte. Man wollte wissen, was ich getrieben und mit wem ich mich auf dem Klo unterhalten habe. Ich antwortete nicht und ließ die Leute stehen. Das Einzige, was ich von diesen wohlmeinenden Menschen zu erwarten hatte, waren tröstende Worte, und Trost war das Letzte, dessen ich bedurfte. An seinem Tod war nichts zu bedauern. Er war nicht unausweichlich gewesen, mein Bruder hatte ihn gesucht. Die angemessene Reaktion wären Glückwünsche gewesen: Der Selbstmörder hatte Erfolg und bekommen, was er wollte.

Dabei stellte ich fest: Ich kannte mehr Freunde, die einen Verwandten durch Selbstmord verloren hatten, als ich es mir hätte vorstellen können. Sie tauchten jetzt überall auf, gaben sich, nachdem sie vom Schicksal des Bruders erfahren hatten, zu erkennen. Und waren es schon viele, deren Bruder, Schwester, Vater, Mutter oder Kind sich umgebracht hatten, so wurde die Zahl jener, die einen entfernteren Verwandten, einen Onkel, eine Tante, die Nichte oder den Neffen durch Selbstmord verloren hatten, beinahe unüberschaubar. Selbstmord, so stellte ich fest, war ein ordinärer Tod, verbreitet wie Kurzsichtigkeit. Er kam in jeder Familie vor. Und nachdem ich mich mit der Einsicht, in diesem Elend wenigstens nicht alleine zu sein, einen Abend lang getröstet und seit Wochen zum ersten Mal eine traumlose Nacht verbracht hatte, nahm ich mir vor, diese Gesellschaft zu suchen und bei der nächsten Gelegenheit das Thema des Selbstmordes zu erörtern.

Es war eine Einladung bei guten Bekannten, von Freunden konnte keine Rede sein, dazu kannte man sich nicht lange genug. Aus zuverlässiger Quelle wusste ich, dass sich die Mutter der Gastgeberin umgebracht hatte. Einzelheiten kannte ich nicht,

nicht, wie lange der Selbstmord her war, ob die Tochter ein Kind oder bereits erwachsen gewesen war. Im Geheimen hoffte ich, die Sache sei frisch, denn eine vergleichbare Situation zu erörtern, also die offene Wunde zu untersuchen, schien mir erfolgversprechender. Es wäre übertrieben zu behaupten, dass ich mich auf das Gespräch freute, dazu war die Sache zu unerfreulich, aber ich wurde von einer gewissen Aufregung befallen, einer Gereiztheit, die ich lange vermisst hatte.

Nachdem wir Stunden in angenehmer, unverbindlicher Stimmung verbracht hatten, nahm ich beim Dessert meinen Mut zusammen und berichtete in einigen Sätzen vom Tod des Bruders in der Badewanne, umriss den Hergang und die mutmaßlichen Gründe. Ich wollte das Terrain bereiten und erwartete im Gegenzug einen Abriss des Todes der Mutter der Gastgeberin, damit die Prämissen geklärt seien und wir uns in die Tiefe der Auseinandersetzung stürzen konnten. Aber nichts geschah, bloß eine Stille machte sich breit. Es war, als sei ich mit einem schwer beladenen Wagen in voller Fahrt in tiefen Sand gefahren.

Und es blieb nicht bei dieser Erfahrung. Die Gespräche verebbten, vertrockneten nach Minuten, falls sie überhaupt in Fluss kamen. Im Laufe der Wochen und Monate blickte ich in viele lange Gesichter und schaute in viele leere Blicke, und ich bemerkte, wie sich in den Zimmern, wann immer der Selbstmord zur Sprache kam, ein Schatten ausbreitete und auf die Menschen legte, ihre Stimmen bedrückte und die Blicke verfinsterte. Die Kaltschnäuzigkeit, vom Selbstmord zu einem leichteren Gesprächsthema zu wechseln, brachten nur die wenigsten auf. Der letzte Theaterbesuch interessierte nur noch wenig, und weil man sich keine Boshaftigkeiten erlaubte, aus Angst, jemanden zu verletzen, wurden auch der Klatsch und die Gerüchte fade. Jedes Thema, das der Leichtigkeit bedurfte, wurde vom Nachhall des Selbstmordes beschwert und auf Grund versenkt. Nachdem ich genügend Abende ruiniert und mir einen bestimmten Ruf erworben hatte, fügte ich mich in das Schweigen.

Für mich aber versuchte ich, die Gründe für dieses Schweigen zu finden. Zuerst deutete ich es als Folge der Schande, die der Selbstmörder nach wie vor über die Familie brachte, ein Überbleibsel jener Zeiten, da man Selbstmörder in Stücke zerteilt, am Wegrand verteilt oder zum Galgenhügel gebracht hatte, um sie mit den Mördern und Verrätern verrotten und von den Krähen fressen zu lassen. Wie in Knetzgau in Unterfranken, wo man spät im November 1608 eine Witwe erhängt in ihrer Kammer gefunden hatte. Man ließ den Henker kommen, die Leiche abschneiden und vom Dachboden aus in die Gasse werfen. Dort blieb sie von Donnerstagmorgen bis

Samstagabend liegen, und weil man die Sünderin nicht neben der Kirchenmauer begraben konnte, brachte man sie zu der Siechenkapelle an der Straße nach Sand. Der Henker und seine Gesellen hatten es eilig und verscharrten die Frau mehr schlecht als recht. Bald kamen die Hunde, Leichenteile lagen an der Sonne, man hatte zu handeln. Aber keine Gemeinde duldete eine Selbstmörderin in ihrem Boden, nur ein Fass fand sich, in das man den Körper ließ und das man mit einem Ziehkärrlein an den Main brachte, um es mitsamt der armen Seele in den Fluten zu versenken.

In ein solches Fass, so sagte ich mir, in eine Tonne, die man mit einem Deckel dicht verschloss, würden auch heute die Selbstmörder gelassen, damit sie nicht nur aus der Gesellschaft der Lebenden, sondern auch aus jener der Toten entfernt würden. Der Mensch sei nicht so modern, wie er sich einrede, die Aufklärung habe höchstens teilweise Erfolg gehabt, der freie Entscheid eines freien Menschen sei für die wenigsten hinzunehmen, und wenn es heiße, der Tod sei überall und jeder könne uns das Leben, niemand aber den Tod nehmen, und wenn man vorgebe zu wissen, dass der Weise so lange lebe, wie er müsse, und nicht, solange er könne, und wenn da stehe, der Tod sei umso schöner, je mehr der Mensch ihn wolle, und wenn die Lehre gehe, dass unser Leben vom Willen anderer abhänge, der Tod aber von unserem eigenen, dann seien das Sonntagsreden, tote Buchstaben in hübschen Brevieren, undsoweiter, undsofort – ich gefiel mir in der Kritik an meinen stummen Zeitgenossen, an diesen verstockten, tumben Kerlen. Bis ich in einem Moment der Aufrichtigkeit zugeben musste, es zu halten wie alle anderen, und in dieser Sache ebenso den Mund hielt.

Aber nicht aus Schande schwieg ich, sondern weil mir zum Selbstmord meines Bruders nichts einfiel, das ich mit anderen teilen wollte. Ich hatte weder das Bedürfnis, die Umstände des Todes zu rapportieren, noch, über die Gründe für seinen Entscheid zu mutmaßen. Wer sollte sich für die Einzelheiten der letzten Momente eines unglücklichen Menschen interessieren, wer sollte sich für die Todesart interessieren – und was sollte daraus auch zu lernen, zu deuten sein?

Der Selbstmord sprach für sich, er brauchte keine Stimme, und er brauchte keinen Erzähler.

Und da ich mich in das Schweigen fand, die Gedanken aber weiter kreisten, kam ich auf die Idee, einmal zu schauen, was andere zu anderen Zeiten über diese Sache gedacht haben, und bei der Literatur um Rat zu suchen. Und stieß auf die berühmten Selbstmörder, angefangen bei Cato, jenem Gegner des Cäsar, der sich im Angesicht der unvermeidlichen Niederlage mit Platons Phaidon in sein Zelt zurückgezogen und nach einem Nickerchen um sein

Schwert gebeten habe. Es mochte sich jedes Leben als Schlacht darstellen lassen, deren eigene Niederlage sicher sei, aber weiter fand ich keine Gemeinsamkeiten. Der Bruder war kein Feldherr gewesen und sein Feind nicht einer der größten Schurken der Weltgeschichte. Es stand kein Heer vor den Toren Uticas, auf einem Acker Tunesiens, gegen das er kämpfen musste, und seine Tat entbehrte jeden Heldenmutes, wofür dieser Cato in den Jahrhunderten nach seinem Tod gepriesen wurde. Es hieß, er bewache als Hüter der Unbestechlichkeit das Fegefeuer, ein Amt, um das sich mein Bruder bestimmt nicht beworben hätte.

Ich legte die Berichte über jenen Römer beiseite und beachtete auch das Schicksal Senecas und Sokrates' nicht. Der Bruder wurde von keiner Staatsmacht gezwungen, einen Schierlingsbecher zu trinken, er war, soviel ich sagen konnte, an keiner Verschwörung beteiligt. Und er hatte sich gleich für das Gift entschieden, im Gegensatz zu Seneca, der sich zuerst die Arme, dann die Beine öffnete, alles im Beisein seiner ebenfalls zum Tode bereiten Gattin, bevor er sich entschloss, in ein heißes Bad zu steigen, wo ihm schließlich der Atem ausging. Nein, es war kein Wahnsinniger vom Schlage Neros, der den Bruder in den Tod getrieben hatte, kein Erlass, der ihm befahl, an einem bestimmten Tag aus dem Leben zu scheiden. Wir lebten nicht in solchen Zeiten, auch wenn ich in besonders trüben Stunden grollte, wie wenig der Staat unternommen hatte, um ihn am Leben zu halten. Aber ich begriff schnell, wie ungerecht der Versuch war, einen Schuldigen für seinen Tod zu finden, was im Übrigen, wenn ich die Philosophen richtig verstanden hatte, eine Abwertung seiner Tat war, der einzig freien, zu der ein Mensch fähig sei, wie ich gelesen hatte. Letztlich jene Handlung, die ihn vom Tier unterscheide, vom Tier, das selbst unter den schmerzhaftesten und unwürdigsten Bedingungen an seiner Existenz festhalte, einerlei, wie erbärmlich diese geworden sei. Der Mensch aber, wie ich gelesen hatte, er alleine könne das Leben gegen den Tod abwägen, den Sinn eines Weiterlebens ermessen und sich entscheiden. So las ich und nickte beifällig, weil ich als moderner Mensch nichts höher hielt als den freien Willen.

Ich schloss das Buch und fand mich weder getröstet noch beruhigt, weil ich diesen Heroismus des freien Willens im Fall meines Bruders für schal hielt, für den feigen Versuch, eine Niederlage als Heldentat zu verbrämen.

Noch blieben die Liebenden, die Zurückgestoßenen, in deren Viten ich lustlos blätterte. Den Enthusiasmus und die Begeisterung, mit denen manche den Revolver an die Schläfe führten oder sich unter Jauchzen in die Fluten stürzten, konnte ich bei meinem Bruder nicht finden. Seine Tat schien aus der Nüchternheit, der kalten Bilanz zu folgen, und selbst wenn ich annahm, er habe in seinen letzten Monaten an einer zerbrochenen Liebe zu leiden gehabt, so fanden sich in seiner Tat nirgends die Spuren dieser Leidenschaft. Es fehlte jeder Fanatismus, er hatte sein Leben nicht hingeworfen, er hatte es abgelegt, zurückgegeben wie den Schlüssel einer Wohnung, aus der man zieht, mit nostalgischen Erinnerungen an die darin verbrachten Jahre vielleicht, doch gleichzeitig bewusst, wie überflüssig diese Schlüssel geworden sind.

Ich hätte mir einen Abschiedsbrief gewünscht, einige Zeilen, die ein für alle Mal die Gründe dargelegt hätten, weshalb er freiwillig aus dem Leben geschieden war. Dieses Schreiben, so stellte ich mir vor, hätte mich von meinen Fragen erlöst, und weil es mir von meinem Bruder fehlte, erhoffte ich mir wenigstens einige Antworten von den Berichten, die fleißige Nervenärzte über unbekannte Selbstmörder verfasst oder zusammengetragen hatten. Sie hatten Abschiedsbriefe untersucht, die letzten Nachrichten an die Welt der Lebenden.

Wie jene Maries, einer Erzieherin, die gerade sechzig geworden war und nach dreißig Jahren in Amerika zum ersten Mal auf Besuch in ihrer Heimatstadt weilte. In einer Woche wollte sie wieder abreisen, die Fahrkarte für die Schiffspassage war bezahlt, sie schrieb: »Bitte verzeiht mir was ich

Euch allen getan habe. Telegraphiere P. und M., so dass niemand ans Schiff geht. Behaltet mich nicht tod im Hause thut mich sogleich in eine Morque oder wo Ihr wollt. Grämd Euch nicht ich bins nicht wert. Gott möge mir vergeben ich kann es nicht mehr ausstehen. Auf Wiedersehen im Jenseitigen. Bitte schicke Frau M die Sache in der schwarzen Tasche. Ich bin im Estrich. Marie.«

Oder die kurze Notiz jener namenlosen Frisörin, ein Zettel, den man in der Tischschublade ihres Zimmers fand, ohne Datum. Die Frau, so berichteten die fleißigen Nervenärzte, sei eine gebürtige Wienerin gewesen und habe ein Liebesverhältnis mit einem um zwölf Jahre jüngeren Kollegen unterhalten. Sie wollten heiraten, hieß es, und sie stritten sich oft, wie auch an jenem verhängnisvollen Abend, als die Frau zweimal in das Zimmer ihres Geliebten getreten sei und eine gute Nacht gewünscht habe. Darauf habe sie sich erschossen. Ihrem Liebsten hinterließ sie die Botschaft: »Jede Frau mit der du zärtlich bist, wirst du an mich denken müssen. Gruß und ein letzter Kuss, M.«

Wie die fleißigen Nervenärzte feststellten, handelte es sich hierbei um den primitiven, fehlerhaften Stil einer Ungebildeten. Eifersucht, Ressentiment und Rachegedanken würden unverhohlen und offen ausgesprochen, sie tobe sich richtiggehend in einem Fluch aus, und ihre Labilität zeige sich außerdem darin, dass sie unmittelbar auf die Verfluchung eine ausgesprochene Zärtlichkeitsäußerung folgen lasse etc., etc.

Und da ich noch Kraft und noch immer keine Antwort hatte, blätterte ich auf Seite einundzwanzig jenes famosen Kompendiums und traf ein siebzehnjähriges Mädchen, das am vierten Todestag ihrer Mutter deren Grab besucht habe und lange fortgeblieben sei. Am frühen Morgen fand die Stiefmutter sie auf der Küchenbank, neben sich ein aufgeschlagenes Buch mit dem Titel »Durch Leiden zur Herrlichkeit«, der da genommen ist aus der Weisheit des Paulus, der uns Sünder im Römerbrief ermahnte: »Denn ich halte es dafür, dass dieser Zeit Leiden der Herrlichkeit nicht wert sei, die an uns soll offenbart werden.« Wie hoffnungsvoll das Mädchen sein Köpfchen in das ausströmende Gas hielt, ließ sich nicht feststellen, davon berichteten ihre zurückgelassenen Briefe nichts. Sie schrieb nur: »Liebe Eltern! Nach langer Überlegung bin ich zum Schluss gekommen, dass es für uns alle drei das Beste ist, dass ich sterbe. Wie oft haben wir schon heftige Auseinandersetzungen gehabt meinetwegen, nach meinem Tode wird das aufhören. Ihr werdet keine Auslagen mehr haben für mich und so werdet ihr ein ruhiges, friedliches Leben haben.«

Es war nämlich so gewesen, dass man ihr verboten hatte, einen Tanzkurs zu besuchen, ein geringfügiger Anlass, wie die fleißigen Nervenärzte betonten, der bei diesem Mädchen aber große, dem Anlass nicht entsprechende Gemütsdepressionen ausgelöst habe. Ebenso wie der nicht erfüllte Wunsch, Lehrerin zu werden, den ihr die Eltern wegen ihrer schwachen Nerven versagt hatten. Was auch immer der Grund für ihren Selbstmord gewesen sein mochte, ziemlich sicher ist, dass sie sich eine letzte Umarmung ihres Vaters wünschte, bevor sie den Hahn aufdrehte. So schrieb sie nämlich im zweiten Brief, den sie im Gegensatz zum ersten, mit Tinte geschriebenen mit Bleistift verfasste: »Oh, mein Vati, wenn ich Dich noch schnell umarmen dürfte, wenn ich dir noch schnell ins Ohr flüstern dürfte.«

So erstarrte ich vor diesen angegilbten Seiten, und mir wurde nach dem Erschauern bewusst, dass es sich hier um eine Auswahl handelte. Jene fleißigen Nervenärzte dokumentierten nur jene Selbstmorde, die ihnen entweder exemplarisch oder spezifisch erschienen. Alle anderen, das heißt die meisten, schieden sie aus, jene Fälle, die gewöhnlich und belanglos waren, ganz abgesehen von der unbekannt großen Zahl, die sich umbrachte, ohne dass es jemand bemerkte. Die Auswahl warf einen Schatten auf die Wissenschaftlichkeit der Nervenärzte, und ich fragte mich, ob aus der Melodramatik der geschilderten Selbstmorde nur die ästhetischen Vorlieben der Ärzteschar zu lesen war. Jedenfalls blieben sie zur Erklärung der eigenen Situation unbrauchbar. Jedes Schicksal war tragisch, keines erhellte das meines Bruders.

Ich fand einen Begriff für jenes Gefühl, das mich seit dem Tod des Bruders gefangen hielt, und ich nannte das Gefühl Einsamkeit. Ich fand sie bald in allem, nicht nur im Leben des Bruders, in jedem Leben, in meinem eigenen, in den Leben, die ich teilte und betrachtete. Ich erkannte in der Einsamkeit den Preis und die Strafe, ich sah, wie diese Einsamkeit zunahm unter meinen Freunden. Ich erkannte darin die Krankheit meiner Zeit, die Ursache des Unglücks, das jeder, der ein offenes Herz hatte, empfinden musste. Am Ende war jeder allein, das spürte ich, und ein Ende gab es alle Tage.

Ich begann, eine Buchhaltung meines Lebens zu erstellen. Ich sah die Jahre, die mir noch blieben. Ich begann zu rechnen. Was mir noch in Aussicht stand und was ich bereits erhalten hatte. Und ich bemerkte, wie leicht mir diese Kalkulationen fielen. Ich war nicht der Einzige, der verglich, maß und zusammenzählte. Nicht nur meine, auch die buchhalterischen Fähigkeiten meiner Mitmenschen waren hoch entwickelt. Die einzige Fähigkeit, die zum Leben unentbehrlich war, bestand in der korrekten Berechnung eines Risikos und des möglichen Ertrags einer Investition. Wie viel etwas kosten und wie viel herausschauen konnte. Es reichte, wenn man danach sein Leben richtete.

Und ich fragte mich, ob ich bereits von der Krankheit meines Bruders angesteckt sei, ob seine Botschaft mein Denken angegriffen hatte. Wenn ich nur Einsamkeit sah, lag es vielleicht an meinen Augen? Oder hatte ich zum ersten Mal einen ehrlichen Blick geworfen auf die Welt? Ertrug ich die Wahrheit nicht? Oder war ich selbst krank geworden, hatte die Einsamkeit, die auf meinen Bruder gefallen war, auch meine Gedanken schwarz gefärbt? Wie konnte ich es herausfinden? Ich blieb ein Gefangener meiner Erfahrung, verletzt von der Tat eines anderen, verletzt von der Gewalt, die ich plötzlich überall sah. Im Großen wie im Kleinen, ich sah in der Gewalt das einzige Prinzip, nur sie schöpfte und zerstörte, eine einzige Aufbäumung, alle im Kampf gegen alle. Was schwach war, wurde vernichtet. Es gab kein anderes Prinzip, obwohl es manche gab, die das Gegenteil behaupteten. Das waren die Idioten oder solche, die nichts zu verlieren hatten. Alle anderen, die bei Verstand, bei Vernunft sind, werden sich rüsten, um möglichst lange der eigenen Vernichtung zu entgehen.

Es muss zu jener Zeit gewesen sein, als ich begann, meinen Bruder zu hassen, zu hassen für seine Schmollerei, die er bis zum Äußersten getrieben hatte. Ich versuchte ein Leben zu führen, ich rannte herum und wusste nicht, wie ich all meinen Verpflichtungen nachkommen sollte. Ich hätte Verwendung für ihn gehabt. Seine Arbeitskraft wäre mir wertvoll gewesen. Soviel ich wusste, hatte er niemals einen Computer besessen, von einer E-Mail-Adresse war mir nichts bekannt, aber er hätte Besorgungen erledigen oder auf die Kinder aufpassen können. Er hätte unter meinem Schreibtisch leben können, im Winkel unter der Treppe, ich hätte ihm das Essen bezahlt, die Kleider, sein Leben wäre mir noch nützlich gewesen, und er hätte es nicht schlecht gehabt bei mir. Aber er hatte seine Arbeitskraft weggeworfen, sinnloserweise. Vielleicht hatte sein Leben nichts anderes verdient, als in den Müll geschmissen zu werden wie ein angeschimmelter Speiserest, diese armselige, mickrige Existenz in einer lausigen Kleinstadt. Nie hatte er etwas gewagt, mit Ausnahme der Hanfplantage, die er in seinem Dachboden einrichtete – dabei aber die Wasserleitungen so stümperhaft verlegte, dass es eines Tages bei den Nachbarn durch die Decke regnete und ein paar Stunden später die Polizei vor der Tür stand. Statt zu schwitzen, statt hartes Brot zu beißen, hatte er den bequemen Weg gewählt und auf den letzten Metern vor seiner Badewanne den Trost Jesu Christi gesucht und die Versammlungen einer Pfingstgemeinde besucht, kleingeistige Spießer, die alles und jeden heilen konnten, Augenleiden, Leberkrebs und Homosexualität, aber in seinem Fall nicht die Erfolglosigkeit. Nichts Gerades hatte er zustande gebracht, aber hielt sich gerade deswegen für etwas Besonderes, war eingebildet bis zur Eitelkeit. Nichts war ihm gut genug, nie war es mir gelungen, ihm eine Freude zu machen, alles war zu wenig, nichts wurde seinem Anspruch gerecht. Seinen Geschmack hielt er für unfehlbar, er gab vor, sich stets für das Beste zu entscheiden, was lächerlich und peinlich war, weil er sich nicht einmal das Zweit- oder Drittbeste leisten konnte. Seine Comics pflegte er mit einer Sorgfalt, als wären es nicht Billighefte vom Bahnhofskiosk, sondern Inkunabeln, er las sie nur am Tisch und achtete darauf, die Rücken nicht zu biegen, damit die Seiten nicht aus dem Leim gingen. Ausgerechnet die hatte er mir vermacht, eine schwere Kiste alberner Bildergeschichten, die einen höchstens schlichten Geschmack bewiesen. Die Kinder machten sich darüber her, und anfangs versuchte ich noch, sie zur Sorgfalt anzuhalten, um sein Gedächtnis zu bewahren. Jedes Mal, wenn sie die Seiten nicht ordentlich umblätterten, zuckte ich zusammen, sah ihn vor mir, mit schmalen Lippen und rollenden Augen. Das war sein Erbe, ein verkorkstes Verhältnis zu Groschenheften. Und auch sonst legte er mir Steine in den Weg, lähmte mich mit seiner Tat, drängte sich durch seinen Selbstmord in meinen Alltag, wie er es im Leben nie geschafft hatte.

Statt zu kämpfen, statt den Kampf anzunehmen, hatte er sich feige weggeschlichen. Er hatte niemals Verantwortung getragen, nicht im Beruf, nicht für eine Familie, es gab niemanden, der auf ihn angewiesen war. Man würde um ihn weinen, aber nicht lange. Er würde keine Spuren hinterlassen, weder im Guten noch im Schlechten. Man konnte sagen, dass es ihn überhaupt nicht gegeben hatte. Kein Werk, keine Nachkommen, ein paar Erinnerungen, Anekdoten, die noch eine Weile in der Familie kreisen würden. Sein einziges Erbe war Schmerz, eine Gewalttat, und es schien mir, als sei er ein Geist geworden, der meine Tage beherrschte und mich in den Nächten heimsuchte, als Erscheinung, als Schatten, als Kreatur, die an das Fenster klopfte und mich nicht schlafen ließ, mit pelzigen Ohren, stoisch, um nicht zu sagen lethargisch, und die mir etwas sagen wollte, ich wusste nicht, was, die keine Antwort gab, einfach da war. Sie konnte überall auftauchen, zu jeder Zeit. Manchmal verschwand sie mit dem Morgengrauen, manchmal saß sie am Küchentisch, schwamm in meinem Kaffee, zwei Knopfaugen darin. Die Kreatur blieb stumm, aber es schien, als würde sie mir Bilder schicken, Bilder, manchmal von großer Schönheit, eine fern im Osten liegende Bergkette etwa, die in der Abenddämmerung bläulich oszillierte. Einmal sah ich, wie Männer eine Schale an den Fuß eines Baumstammes stellten, eine Schale mit Gift, bevor sie sich lachend wegstahlen, ihren Häusern zu, die am Rande einer Lichtung standen. Bisweilen stiegen Bilder auf, die ich als Erinnerungen erkannte, so etwa, wie mein Bruder ausgestreckt auf seinem Sofa liegt, in quietschgelben Jogginghosen, wie er einen Joint baute, in jener Wohnung unter dem Dach, in der einzigen Zeit, als wir zusammenlebten. Ich sah das Klappmesser, mit dem er das Haschisch zerteilte, ich sah die Porzellanschale, in der er es aufbewahrte, die Federwaage, mit der er die Stücke wog, ich sah den Plastikbeutel mit den Geldscheinen aus dem Verkauf.

Es fiel mir auf, dass ich mir nicht erst jetzt Gewissensbisse machte, sondern mich immer schuldig gefühlt hatte. Ich durchforstete die Erinnerung nach einem Moment, da ich mich in seiner Gegenwart frei und unbefangen gefühlt hatte. Und ich fand keinen. Es war immer zu wenig. Was ich auch unternahm, welchen Aufwand ich betrieb, nie war es genug. Ich schämte mich für das eigene Glück. Was ich erreicht hatte, verwies nur auf meinen Ehrgeiz. Und mein Ehrgeiz war ein Beweis für das Begehren, und dieses Begehren versuchte ich vor ihm zu verstecken, weil ich ahnte, dass er sich seine Wünsche nie würde erfüllen können. Er lehnte die Arbeit ab, die Anstrengung, und verfolgte niemals ein Ziel. Er nahm, was ihm zufiel. Und da ihm wenig zufiel, hielt ich ihn für unglücklich. Er unterschied sich. Er investierte nicht. Er legte nichts zur Seite. Er besaß keinen Fleiß, er arbeitete nicht, er hing herum und ließ die Zeit verstreichen. Nicht dass er diesen Tod verdient hatte – aber er war die logische Folge seines Verhaltens.

Die Schuld war verteilt. Meine Gedanken kamen zur Ruhe. Aber bald zweifelte ich an der Härte meiner Schlussfolgerung, ich ging und öffnete die Büchse erneut.

Der Selbstmord sprach für sich, er brauchte keinen Erzähler. Die Gespräche, zu denen er einlud, vertrugen keine Stimme und keine Worte, sie fielen in das Innere der Trauernden, die gefangen waren in einer Rede ohne Anfang und ohne Ende. Sie wollte in einer kreisenden Bewegung in die Stille stürzen, gedieh an jenem versteckten Ort und wuchs mit jedem unausgesprochenen Wort, mit jedem Gedanken, der dieser Gewalttat eine weitere Frage stellte, ein schalltoter Raum, woher kein Echo drang. Nur Bilder stiegen hoch, die Bilder des toten Bruders in der Wanne, wie Marat nach dem Besuch der Charlotte Corday. Er war jetzt immer tot, in jeder Erinnerung. Das Lebendige war verschwunden, jeder Gedanke an ihn geronnen und erstarrt, als hätte er niemals gelebt, als sei jeder Moment in seinem Leben nur eine Vorbereitung, ein Schritt auf dem Weg in diese Badewanne gewesen. Und ich fragte mich, wann er den Weg eingeschlagen hatte, an dessen Ende die Badewanne stand. Waren dieses Lachen und jener glückliche Moment bereits vergiftet gewesen – etwa jener Nachmittag ein paar Wochen nach der Geburt unseres ersten Sohnes. Ich betrachtete die Fotografie, mein Bruder im Korbsessel mit dem Kind auf dem Schoß, lachend – vielleicht nur eine Täuschung, vielleicht hatte er da schon die Abzweigung genommen. Selbst wenn ich das Foto als echt nahm, machte es die Sache nicht besser. Denn dies bedeutete, dass er erst danach die Entscheidung getroffen und ihn auch dieser Besuch nicht davon abgebracht hatte – im besten Fall. Im schlechtesten war dieser Nachmittag ein weiteres Argument gegen das Leben gewesen. Indizien dafür gab es. Die Bitte, sich die Hände zu waschen, bevor er an die Wiege trat, war ohne Zweifel eine Beleidigung. Er musste glauben, ich hielte ihn für schmutzig und sähe in ihm eine Gefahr für das Kind, obwohl klar war, wie peinlich genau er auf seine Hygiene achtete. Ich hätte ihm sagen müssen, dass wir dies von jedem Besuch verlangten und mir bewusst war, wie überzogen die Vorsicht wirken musste, ich aber in eine neue Phase des Lebens getreten war und nun die Sorge um das Kind an erster Stelle kam. Ich war nicht bereit, auf seine Empfindlichkeiten Rücksicht zu nehmen, wenn dies bedeutete, das Kind zu gefährden. Ich hatte nicht bedacht, dass ich ihn damit in Richtung dieser Badewanne schubste. Und jene Sarkasmen über die Oberflächlichkeit der Menschen, die ich mir danach bei einem Spaziergang durch die Stadt erlaubte – hatte er sie als bitteren Ernst verstanden? Ich wollte den Reiz der eigenen Stadt mindern, damit er nicht glaubte, ich hielte mich für etwas Besseres, seit ich in der großen Stadt lebte. Er sollte mich nicht beneiden, und ich zählte die Nachteile auf, die das Leben hier mit sich brachte, die Hektik, die Unhöflichkeit, die Unverbindlichkeit der Gespräche und der Beziehungen – aber womöglich hatte ich ihm Argumente für die Beweisführung geliefert, wie böse die Menschen waren und wie wenig sich das Leben lohnte.

Jede Erinnerung bedurfte einer Überprüfung.

Und auch jedes Wort.

Genau genommen war er nicht mein Bruder gewesen.

Die genaue Bezeichnung lautete »Halbbruder«.

Wir teilten die Mutter, nicht den Vater, aber wir empfanden uns nicht als halb. Wir pochten darauf, ganze Brüder zu sein. Das lag aber nicht an unserer Verbundenheit, wie wir uns einzureden versuchten. Der treffende Begriff für unsere verwandtschaftliche Beziehung enthielt eine Geschichte, die wir nicht bei jeder Gelegenheit erzählen wollten, aus Scham, aus Schmerz, aus einer Mischung von beidem.

Unsere Mutter war die jüngere von zwei Töchtern eines selbstständigen Sattlers aus einem kleinen, unbedeutenden Dorf, einer Streusiedlung am Ufer eines Flusses. Nach der Schule zog sie in die nächste größere Stadt, wo sie in Bars und Tea-Rooms arbeitete, einen Chemiker kennenlernte, mit zweiundzwanzig Jahren schwanger wurde und an einem Novembertag einen Sohn zur Welt brachte. Das war das Jahr, in dem die Beatles berühmter wurden als Jesus, ›Luna 9‹ im Meer der Stürme landete und Gottfried Dienst in Wembley verhinderte, dass Beckenbauer und seine Kumpane Weltmeister wurden. Die Stadt: ein Kaff. Hübsch gelegen. Nichts los. Das Aufregendste waren die Panzer, die in langen Kolonnen auf den Gefechtsplatz fuhren. Die größte Garnison des Landes. Kasernen, Waffenplatz, Pulverfabrik. Ein Transitort, die Touristen fuhren weiter, in die berühmten Fremdenverkehrsorte höher in den Bergen. Ein Ort, der dazwischen lag. Bevölkert von Rekruten, die abends aus den Kasernen in die Kneipe strömten, wo die junge Frau arbeitete. Sie trennte sich vom Vater ihres Sohnes, heiratete den jüngsten Spross einer angesehenen Familie, ein labiler Charakter, intelligent, kriminell, nach Vermögensdelikten zweimal im Gefängnis. Mit diesem Mann einen Sohn gezeugt. Mich. Scheidung. Den älteren Sohn ließ sie bei seinem Vater, tat sich mit einem Witwer und seinen zwei kleinen Kindern zusammen, ein Junge und ein Mädchen, meine Stiefgeschwister. Den Halbbruder sah ich nur noch selten.

Er ein mäßiger Schüler mit einer labilen Gesundheit. Kyphose. Schlechte Augen. Dicke Brille. In der

Schule Beginn einer rätselhaften und lebenslangen Verbindung mit verglasten Türen: Die erste übersieht er, durchbricht die Scheibe mit dem Kopf. Davon zeitlebens Narben um die Augen und Schläfen. Nach neun Jahren Primarschule eine Lehre als Bäcker/Konditor. Danach zweites Treffen mit einer Tür und Wiederholung des Stunts von Buster Keaton aus dem Film »Steamboat Bill, jr.«: Bei der Arbeit mit einem Handstapler hebt er ein Stahltor aus den Angeln. Gewicht: fünfhundert Kilo. Überlebt, weil dort, wo das Tor auf den Schädel trifft, zufälligerweise eine verglaste Luke ist. Stauchung eines vier Zentimeter dicken Rückenwirbels auf einen Zentimeter. Rollstuhl. Rehabilitation, monatelang. Starke Schmerzmittel: Tramadol, Oxycodon, Heroin. Entzug mit Methadon. Anstellung in einer Notschlafstelle. In der Freizeit Backgammon. Steht wieder auf, bewegt sich kaum. Bleibt seiner Stadt ein Leben lang verbunden. Zieht nie weg, unternimmt kaum Reisen. In seiner Stadt bekannt wie ein bunter Hund. Am Ende des Lebens Bekehrung zum Christentum. Besuch einer postmodernen Pfingstgemeinde. Tod an einem Dezembertag in der Badewanne seiner Wohnung durch absichtliche Überdosis Heroin. Nie verheiratet, keine Kinder, keine Schulden. Ordentliches Testament. Die Asche verstreut im See, an einem kalten Märztag, vier Monate nach seinem Tod.

Zu Beginn schien er es besser getroffen zu haben. Sein Vater, bei dem er aufwuchs, war Angestellter, mit einer festen Arbeit und einem geregelten Einkommen. Er und seine Halbgeschwister lebten in einem Haus mit dichten Fenstern. Dort gab es in den kalten Monaten keinen Atem, der vor dem Mund anschlug. Er stank nicht wie ich nach Heizöl. Bei ihnen gab es keinen ewig durstigen Ofen, den man selber füllen musste, mit einer Kanne, die man über vier Treppen in den Keller trug, wo in einer Kammer ein Tank stand, ein Tank mit einer Pumpe, deren Schwengel fehlte und durch einen abgebrochenen Schraubenzieher ersetzt worden war. Für eine volle Kanne musste er von der einen äußersten Position vierzigmal in die andere äußerste Position gedrückt werden, was dadurch erschwert wurde, dass man dabei nur knien konnte, auf dem schmalen Betonsims der offenen Stahltür, die man nach der Anstrengung wieder verschloss. Die Kanne trug man die vier Treppen hinauf zum Ofen, den man nur in kleinen Schlucken füllen durfte und der trotz jeder Vorsicht immer überlief. Mit Toilettenpapier hatte man das Öl aus der Armatur mit den Reglern zu tupfen, Armaturen, die weiter keine Funktion besaßen. Denn falls man den Ofen mit einem Wattebausch angebracht hatte, was selten beim ersten, oft beim fünften und sechsten Versuch gelang, ließ sich die Betriebstemperatur kaum regulieren. Entweder mottete der Ofen vor sich hin, oder er brannte wie ein Höllenfeuer, heizte das Zimmer auf dreißig Grad und verbrannte in einer knappen Stunde den ganzen Tank. Im Zimmer aber wurde es wieder kalt.

Das Haus war dunkel und unheimlich. Ich mied die Lauben und die unbenutzte Küche, den Dachboden und den Anbau. In den Dielen gab es stinkende Löcher, und auf dem Dachboden ein nie vollständig stillgelegtes Plumpsklo. Erträglich war es nur im Garten. Dort gab es Hühner und Kaninchen, und bis sie vom Nachbarn geschlachtet und am Schuppen aufgehängt und ausgeweidet wurden, sorgten sie für Ablenkung. Dieser Nachbar, ein Trinker, nahm die Pistole, hielt sie den Kaninchen zwischen die Ohren und drückte ab. Sie zuckten noch ein paar Mal, und ein roter Faden lief ihnen aus der Nase, bevor er sie an den Läufen am Schuppen kopfüber aufhängte. Mit zwei, drei geschickten Schnitten brach er die Tiere auf, griff in ihre Bauchhöhle und beweinte sein Schicksal, zum Kaninchentöter des Viertels geworden zu sein. Alle wollten das Fleisch essen, keiner wollte die Tiere töten, das war seine Klage, wenn er die Galle aus der Bauchhöhle schnitt, vorsichtig, damit sie ganz blieb und das Fleisch nicht vergiftete.

Hinter dem Schuppen lag der Autofriedhof mit den Unfallwagen, Objekte des Schreckens, nicht ohne Schönheit. Zerborstenes Glas schmückte die blutverschmierten Sitze wie Juwelen. Dort trieben wir uns herum an jenen seltenen Sonntagen, die der Bruder bei uns verbrachte. Wenn alle noch schliefen, tauchte er auf. Er kam mit guter Laune, obwohl wir nie recht wussten, was wir mit ihm anfangen sollten. Für uns war er ein schlechter Spielkamerad. Er hatte seine Launen und hasste es, zu verlieren. Er war auf der Hut, dass man ihn nicht betrog. Er tauchte nicht ein in unsere Welten, Haifische in unterirdischen Reichen und sprechende Esel sagten ihm nichts. Er machte sich lustig über Repräsentationen. Bücher waren Bücher und nicht Brote, wie wir beim Spielbacken oder Backspiel annahmen. Seine Vorstellungen waren konkreter. Eine davon war der Besuch des Verkehrsmuseums. Wir taten es nie. Wir fuhren herum in einem VW Passat, an einem Tag über sieben Pässe und durch drei Länder. Oder wir frühstückten an irgendeiner Autobahn auf den Betontischen der Raststätten und fuhren wieder heim.

Das waren unsere Sonntage, unsere gemeinsame Zeit der Kindheit, durch deren Erinnerung ich spazierte wie durch einen Garten. Bilder tauchten auf, versanken und machten anderen Platz, ein bunter, manchmal bedrängender Reigen, lebendig und scheinbar detailliert. Aber ich wurde das Gefühl nicht los, dass diese Bilder im Dienst meiner Empfindungen standen, dass die Angst, der Schmerz und die Scham sich in der Auslage der Erinnerungen bedienten und jene Motive wählten, die zu diesen

Gefühlen passten. Alles andere wurde nicht beachtet. Ich fragte mich, wie ich vor seinem Tod an gewisse Erlebnisse gedacht hatte, aber das gelang mir nicht. Meine Erinnerungen kamen mir mittlerweile vor wie ein Sortiment nostalgischer Konserven. Wie wir samstags auf unseren Fahrrädern durch die alte Gießerei fahren und wie zauberhaft fremd ich mich fühle, als wäre ich ein anderer Junge in einer anderen Stadt. Oder die Sommertage im Flussbad, mit seinen Freunden, denen ich mich anschließen durfte, wie ich mit ihnen von den Brücken ins Wasser springe und mich groß und mutig fühle. Er kam in diesen Erinnerungen nicht vor, ich war der Hauptdarsteller, meine Empfindungen, mein Glück und meine Sinne gaben das Drehbuch vor, und er hatte eine Nebenrolle als entfernte Stimme, als Schatten, ein Bezugspunkt ohne Konturen, ungenau und verschwommen. Doch in jenen gelebten Tagen, bevor sie eine Erinnerung wurden, hatte ich ihn wahrgenommen. Er war nicht immer derselbe gewesen. Er hatte geschwiegen und danach einen Spaß gemacht, hatte zugehört und sich wieder abgewandt. Diese Wechsel des Ausdrucks waren eingeebnet, die Erinnerung hatte ein dauerhaftes, gleichzeitig flaches Bild geschaffen. Hatte er schon vor seinem Tod diese schattenhafte Existenz in meiner Erinnerung gespielt? Ich konnte mich nicht in den früheren Zustand versetzen, nicht mehr an ihn denken, als wäre er noch am Leben. War ich stolz auf ihn gewesen?

Hatte ich ihn belächelt oder bedauert? Er war besonders gewesen, das wusste ich, aber wie besonders? Etwas war verschlossen seit seinem Tod, eine Tür war zugegangen, die Brücken waren abgebrannt. Mit jedem Gedanken verschwand er mehr und wurde zu einer Gestalt in einem Nebel, der immer dicker wurde. Ich war dabei, ihn ganz zu verlieren, jede verlässliche Erinnerung an ihn, und gleichzeitig wuchs eine Zärtlichkeit, das Bedürfnis, meinen Bruder in den Arm zu nehmen, etwas, was ich mir vorher nie gewünscht hatte. Die Körperlichkeit hatte gefehlt, nie hatte ich ihn angefasst, wie ich andere anfasste. Niemals hatte ich ihm auf die Schulter geschlagen oder einen Klaps gegeben, nie zur Begrüßung einen Kuss oder auch nur eine Umarmung, ich wusste nicht einmal, ob wir uns die Hand zum Gruß gereicht hatten. Für Berührungen war er nicht robust genug, so hatte ich es mir erklärt, aber das war unsinnig – einen Kuss ertragen selbst Sterbende. Und tatsächlich war er das gewesen. Ich begann zu glauben, die längste Zeit einen Toten zum Bruder gehabt zu haben, oder wenigstens einen Untoten, einen Mann, der mehr schlecht als recht seine Fäulnis versteckt hatte. Auch mein Ekel fand eine Erinnerung, sah erneut die Wunden, die ich einmal entdeckt hatte, in einem Sommer war es gewesen, wir saßen in einem Gartenrestaurant, als ich auf seinen blanken Schienbeinen münzengroße eiternde Löcher entdeckte, Folge des Heroins, dem er schon Jahre zuvor entsagt hatte, und das Entsetzen packte mich, weil ich plötzlich begriff, wie sterbenskrank er gewesen war, wie er unter unseren Augen verweste und wir ihn sich auflösen ließen, ohne etwas dagegen zu unternehmen. Und ich fragte mich, ob die Reinlichkeit, für die er bekannt war, ob die Duftwasser und Deodorants nur dazu gedient hatten, den Verwesungsgeruch zu vertreiben, so wie die Syphilitiker sich parfümierten, um den Gestank der Schwären zu übertünchen. Ich war von meinem eigenen Bruder angewidert, schwankte zwischen Ekel und Mitleid für den Kranken, der in meiner Vorstellung lag wie die Leiche Christi auf dem Bildnis von Holbein, mit verkrüppelten Füßen und übergroßen Zehennägeln. Ich wollte die Bilder verscheuchen, aber sie setzten sich fest, ich wurde sie nicht mehr los und rannte ans Fenster, riss es auf, blickte vier Stockwerke tief hinunter auf den Parkplatz, wo der Nachbar gerade seinen Wagen wusch und einen besorgten Blick warf auf einen Mann, der blass am Fenster stand und nach Atem rang.

Meine Erinnerungen waren keine Zeugnisse, sie waren Rechtfertigungen, entweder zu bitter oder zu süß. Sie hatten jeden Wert verloren. Wenn ich wissen wollte, was meinen Bruder am Leben gehindert hatte, musste ich einen anderen Weg finden. Natürlich hätte ich mich an seine Freunde, seine Familie wenden können, aber warum sollten sie sich nicht auch in den Anekdoten verlieren und beschönigende Erinnerungen kolportieren – Geschichten, die nichts über das Ereignis erzählten, sondern ebenso verfälschte Zeugnisse waren, gestaltete Erzählungen, an manchen Stellen zugespitzt, im Ganzen gerundet? Ich hielt es nicht für möglich, dass jemand ehrlich mit sich war, aber ich machte niemandem einen Vorwurf. Jeder versuchte, sich von der Schuld zu entlasten, um weiterleben zu können.

Über meinen Bruder würde man von nun an nur jene Geschichten erzählen, die seine eigene Verantwortung belegten, dass sein Tod die Folge eines falschen Denkens, einer falschen Einstellung zum Leben gewesen war. Aber war das nicht die Umkehrung der Beweisführung? Sein Leben wurde als gescheitert bezeichnet, weil er sich umgebracht hatte, und man würde in seiner Biografie nichts mehr finden, das für das Gegenteil, für den Erfolg sprach. Mein Bruder hatte immerhin eine Möglichkeit gefunden, um fünfundvierzig Jahre am Leben zu bleiben. Und diese Möglichkeit musste nicht falsch sein, nur weil sie nicht für ein Leben von sechzig, siebzig, achtzig Jahren gereicht hatte. Wenn einer nach gängigen Maßstäben ein erfolgreiches Leben führte, Besitz anhäufte, Nachkommen zeugte und mit sechzig Jahren einen schnellen Herztod starb, dann zweifelte selten jemand an seiner Lebensführung. Und doch war dieser Erfolgreiche genauso tot wie mein Bruder. Gerade die rechtschaffenen, pflichtbewussten Menschen, die nach den Vorgaben ihrer Zeit gelebt hatten, wurden am schnellsten vergessen. Die gängigen Tugenden, nach denen auch ich lebte, Fleiß, Strebsamkeit, Ehrgeiz, bewahrten jedenfalls nicht vor dem Unausweichlichen. Man mochte behaupten, diese Toten hätten die Werke auf ihrer Seite, ihre Taten würden an ihre Existenz erinnern, aber wenn ich mir die Welt ansah, die durch diese Taten geformt war, dann fand ich nicht viele Argumente, die für den Ehrgeiz und den Fleiß sprachen, und ich konnte nicht ausschließen, dass diese Welt friedlicher gewesen wäre, wenn sich mehr Menschen an die Prinzipien meines Bruders gehalten hätten. Wenn sie sich berauscht und ohne Ambition ihre Tage hätten verstreichen lassen, für sich nur das Nötigste in Anspruch genommen hätten, einen Besitz, dessen Auflistung auf anderthalb Seiten Platz fand und in einer guten Stunde unter den Freunden verteilt war.

Trotzdem ließ sich seine Niederlage nicht leugnen, ja, er war gescheitert, aber je länger ich darüber nachdachte, umso mehr wuchs der Verdacht, dass er keinen Kampf gegen sich selbst, gegen seine Laster, sondern gegen einen größeren, mächtigeren und vor allem älteren Gegner verloren hatte.

Im Völkerkundemuseum stieß ich auf eine Tonfigur, eine sogenannte Steigbügelflasche der Chavìn-

Kultur, die dreitausend Jahre alte Darstellung einer Selbsttötung. Eine sitzende, nach vorne gebeugte Person in Lendenschurz und mit Ohrpflöcken schlitzte sich mit der linken Hand den Hals auf, in einer anatomisch unmöglichen Position, da der Kopf um einhundertachtzig Grad verdreht und nicht gegen den Boden, sondern zum Himmel gewendet war. Auf dem Rücken eingeritzt ein Wesen mit menschlichem Gesicht und exzentrischem Auge, aus dessen Mund etwas herauszuströmen schien – Einzelheiten, die mir vor dem Schaukasten verborgen blieben und die ich dem Kommentar entnehmen musste. Es sei die einzige Darstellung eines Suizids im archäologischen Fundgut Südamerikas, hieß es weiter, und die Wissenschaftler lägen über der stilistischen und kulturellen Einordnung im Streit – was für die gesamte Kultur dieser altamerikanischen Menschen gelte, die tausend Jahre vor unserer Zeit in Peru Opferplätze erbauten, in den Fels hinein ihre Tempel schlugen, Stelen errichteten mit zu Tieren verformten Menschengesichtern und den Köpfen Katzenartiger. Ihre Beschaffenheit ließ auf eine Gesellschaft mit einer höchst differenzierten Geschichte schließen. Legenden, in denen jede Figur ihren besonderen Platz einnahm, eine Biografie besaß, eine Stellung in diesem Weltgebäude, von dem wir nur Bruchstücke ihrer Möblierung kannten, aber keine zusammenhängende Erzählung, die erklärt hätte, auf welche Weise diese Objekte miteinander verbunden waren, welchem Zwecke sie dienten, welche Ängste oder Hoffnungen sie beschworen, was die Menschen an ihnen schön oder erschreckend fanden, denn auf eine Schrift hatten diese Menschen verzichtet.

Und ich fand, das Problem dieser Forscher lasse sich mit meinem vergleichen. Wie sie musste ich mich an Artefakte halten und zu ihrer Deutung Vergleiche ziehen, Vermutungen anstellen und vor allem die Vorstellungskraft bemühen. Der Imagination musste die Funktion einer erkenntnistheoretischen Maßnahme zugemessen werden, um eine Erzählung zu rekonstruieren, von der man keine abstrakten Begriffe, sondern nur konkrete Bilder besaß. Aus den Fotoalben, Zeigemappen und den restlichen Dokumenten, die in meinen Besitz gekommen waren, in den Fundstücken seines Lebens, im Beifang einer Existenz, musste ich einen Zusammenhang suchen.

Es muss zu jener Zeit gewesen sein, als ich in einer alten Plastiktüte mein Schreibheft aus der zweiten Klasse fand, eingeschlagen in rotes Papier, darauf die Abbildung jenes Tieres, dessen Namen ich an jenem Abend bei seinen Freunden gehört hatte, ein putziger Kobold, der sich an einem Eukalyptuszweig festhielt. Ich tat dies als Zufall ab, als Koinzidenz, die mir durch die Erinnerung an meinen Bruder zwar einen Stich ins Herz versetzte, weiter aber keine Bedeutung besaß. Ich packte das Heft in eine Kiste und verstaute das Ganze im Keller.

Das Tier aber gab keine Ruhe, das nächste Mal zeigte es sich beim Eingang einer Bar in der Nähe des Bahnhofs, einer Kneipe, die sich ein australisches Aussehen gab. Eine Polyesterfigur in Gestalt des Tieres, mit umgebundener Schürze und Tablett, pries grinsend die verschiedenen Biersorten an. Dutzende Male musste ich vorbeigegangen sein, ohne sie zu bemerken, dass sie mir gerade jetzt auffiel, schien mir einleuchtend, aber weiterhin ohne Bedeutung.

Doch ein paar Tage später tauchte das Tier wieder auf, in einem der lächerlichen Filmclips, mit denen man im Flugzeug die Passagiere davon ablenkte, dass man sie zu gewöhnlichem Frachtgut degradiert hatte. Das Tier döste in einer Astgabel, knabberte am Grün, plumpste vom Baum, bevor es einem nächsten Lulatsch Platz machen musste, der die Reisenden mit anderen Tollpatschigkeiten unterhielt.

Ich erklärte mir diese Häufung mit einem psychologischen Phänomen. Wer seine Wahrnehmung auf eine bestimmte Erscheinung eingestellt hat, begegnet ihr plötzlich bei jeder Gelegenheit – jedenfalls waren danach die Pforten geöffnet, und das Tier erschien epidemisch: auf Schlüsselanhängern, auf den Zahnbürsten der Kinder, auf dem Eis-Papier, auf Radiergummis – ich war umzingelt von einer Horde plüschiger Gnome, die mich mit ihren Knopfaugen anglotzten. Die Unruhe, die mich dabei befiel, lag nicht nur an der Erinnerung an meinen toten Bruder. Ich wurde das Gefühl nicht los, etwas übersehen zu haben, etwas stimmte nicht. Stets wurde das Tier als drolliger Kobold gezeigt, flauschig, albern, eine Kapriole der Natur, ein Emblem der Niedlichkeit – all das war mein Bruder nicht gewesen, im Gegenteil: Er hatte eine Strenge besessen, eine Härte, die aus einer Überzeugung zu kommen schien, er schmiegte sich nicht an, er taugte nicht zum Kuscheltier. Er konnte unangenehm sein und ließ sich ungern auf Kompromisse ein. Er besaß keinen bürgerlichen Ehrgeiz, er befand sich im Widerstand, mehr als jeder andere, den ich kannte, und er besaß Grundsätze, die er nicht verhandelte, unter keinen Umständen. Was hatte er also mit diesem Tier zu tun, mit dieser Karikatur der Harmlosigkeit?

Eine Zeitlang versuchte ich mir einzureden, dass sie einfach ein falsches Totem gewählt hatten und kein Sinn darin zu finden sei. Es waren Kinder gewesen, Halbwüchsige, die den Namen ausgesucht hatten, was hätten sie wissen sollen über das verborgene Wesen eines Tieres und seine Übereinstimmung mit jenem meines Bruders? Dagegen sprach das wenige, was ich über das Tier wusste. Scheut jede überflüssige Bewegung, lebt als Einzelgänger – Züge, die bei meinem Bruder schon als Kind zu finden gewesen sein mochten. Aber was war mit den Übereinstimmungen, die er erst später entwickelt hatte? Dass er ein Leben lang seinem Standort treu bleiben und niemals den Ehrgeiz entwickeln würde, seinen Baum zu verlassen, hatten sie nicht wissen können. Ebenso wenig, mit welcher Hingabe er seinem Kraut verfallen würde, so sehr, dass es eine Zeitlang seine einzige Nahrung zu sein schien.

Vielleicht war nicht der Name schlecht gewählt, vielleicht wurde das Tier falsch dargestellt, vielleicht war es nicht das putzige, harmlose Kerlchen. Vielleicht gab es gute Gründe, es zur Harmlosigkeit zu entstellen. Vielleicht hatte es Seiten, die eine Gefahr darstellten und die man verstecken wollte, und vielleicht hatten jene Kinder, damals, ein Wissen besessen, das es zu ergründen galt.

Wann sie kamen, war ungewiss, aber sie kamen nach Mitternacht. Er hörte Stimmen, im nächsten Augenblick sah er Lichter am Innenzelt, und ehe er begriff, riss jemand den Reißverschluss hoch, zerrte ihn aus den Decken und zog ihn ins Freie.

Da standen sie in einem Halbkreis. Fackeln erhellten ihre von Ruß geschwärzten Gesichter, einige in Kapuzen, andere mit Masken, Schweine, Hexen, Dämonen. Er kannte sie, einen jeden von ihnen. Einer löste sich aus der Reihe, trat auf ihn zu, fesselte seine Hände mit einem Kälberstrick, nahm ihm die Brille ab und verband seine Augen.

Dann ging es los.

Er wusste, was jetzt kommen würde.

Jedenfalls glaubte er, dass er es wusste.

Sie trieben ihn aus dem Lager, zogen ihn eine Böschung hinauf, wo seine nackten Füße auf dem feuchten Gras ausrutschten. Er fiel mit dem Gesicht halb in den Dreck, halb auf seine Faust, die er zum Schutz hochgerissen hatte. Einen Moment blieb er liegen. Der Geruch von feuchter Erde, nicht unangenehm.

Komm, steh auf. Weinen wird nicht helfen. Du musst weiter.

Bald stand er auf einem abschüssigen Weg, über groben Kies und durch frische Kuhfladen ging es bergab in einen Wald hinein, dessen Finsternis er selbst durch die Augenbinde erkennen konnte. Er hatte alle Mühe, auf den Beinen zu bleiben, so rasend zogen sie ihn vorwärts. An Baumstrünken und losen Steinen schlug er sich die Knöchel blutig, er schrie, es war ihnen egal. Irgendwo hörte er, wie eine Trommel schlug und eine Flöte eine idiotische Melodie aus drei Tönen spielte – als wollte sie ihn verhöhnen. Immer wieder vernahm er Stimmen, kurze Zurufe, in denen er ihre eigene Angst erkannte. Sie fürchteten sich vor der Nacht. Vor dem, was sie taten. Sie hatten Angst vor sich selbst, und das war nichts, was ihn beruhigte.

Irgendwann spürte er feuchte Bohlen unter seinen Füßen und die Nähe von Wasser. Eine Schwelle – er trat ins Leere, taumelte, fing sich wieder, aber der Boden schwankte, und er fand nur schwer das Gleichgewicht. Eine Hand legte sich auf seine Schulter und bedeutete ihm, dass er sich setzen solle. Nichts als ein nacktes Brett unter seinem Hintern – gute Fahrt, rief da noch einer, und dann wurde der Kahn hart hinaus aufs Wasser gestoßen. Augenblicklich umfing ihn Stille, es wurde kühler, er fröstelte. Sein Schweiß verdampfte in der Nacht, er zitterte und begriff: Er war alleine, alleine auf einem Boot, gefesselt und mit verbundenen Augen. Er wusste: Nach ein paar hundert Metern kam das Stauwehr. Und nach dem Stauwehr? Da kam nichts mehr.

Er musste eine Entscheidung treffen.

Versuchen, sich von den Stricken zu befreien und an Land schwimmen?

Ruhig sitzen bleiben und nicht aufbegehren?

War das die Prüfung?

Wie sollte er sich entscheiden?

Wer war er denn? Ein kleiner Scheißer in einem Bugs Bunny-Pyjama. Ein kleiner Scheißer mit einer dicken Brille. Ein kleiner Scheißer, dem gerade die ersten Haare am Sack wuchsen. Ein kleiner Scheißer aus einem kleinen Scheißkaff, wo es nichts gab außer Fabriken und Soldaten. Und so ein kleiner Scheißer wie er entscheidet sich nicht. Er macht sich die Hose nass. Und beginnt zu plärren, leise nur, damit die Nacht es nicht hört.

Er hatte gedacht, dass die Sache Spaß machen würde.

Wenigstens ein bisschen.

Und während er starr vor Kälte und Angst langsam auf das Wehr zutrieb und in die Finsternis lauschte, erklang mit einem Male die Flötenmelodie wieder, ganz nahe diesmal. Er hatte sich geirrt. Er war nicht alleine auf diesem Boot und fragte sich, ob ihn diese Erkenntnis erleichtern oder zusätzlich beunruhigen sollte – da geriet das Boot ins Schwanken, jemand packte ihn und löste seine Fesseln. Die Augen immer noch verbunden, machte man sich an seinen Armen zu schaffen, und es dauerte einen Moment, bis er begriff. Er sollte etwas anziehen. Etwas Klammes, Steifes. Eine Weste. Aber wozu?

Ein Stoß in den Rücken, er taumelte, fiel, die kalte Tiefe verschlang ihn. Er sank, ergeben, bis fast auf den Grund. Das Sirren der Kiesel in der Strömung. Er war zu erschrocken, um zu schwimmen, aber das war auch nicht nötig. Mit einem Seil an der Weste zogen sie ihn ans Ufer, wie eine verlorene Fracht hievten sie ihn an Land.

Drei Hexen waren es, die dem Patschnassen Weste und Augenbinde abnahmen, ihm eine Decke über die Schultern legten und die Brille wieder auf die Nase setzten. Er stand zwischen hohen Tannen, von irgendwo drang ein Schimmer, er wusste nicht, woher.

Sie gaben ihm einen Brei zu essen, einen ekligen Schleim, den er nicht runterbrachte, was bei einer der drei Hexen Mitleid zu erregen schien, jedenfalls reichte sie ihm lächelnd einen Becher. Er trank, es war Essig, er spuckte, würgte, sie lachten ihn aus und ließen ihn stehen, tanzten zu der Flöte und der Trommel, zu den Tönen, die aus der Nacht über ihm zu fallen schienen, drei wilde Geister, die über den Waldboden wirbelten und plötzlich in seinem Rücken verschwanden.

Er drehte sich um und sah noch, wie sie in eine Tanne stiegen.

Jetzt wusste er, was er zu tun hatte.

Ast um Ast nahm er, stieg höher und höher, hinauf, woher das Licht kam. Da saßen sie, der ganze Stamm, zu zweit, zu dritt auf einem Ast, dreißig schmutzige Vögel, Kerzen in ihren offenen Händen erhellten pausbäckige Gesichter, sie grinsten ihn an, Flaum um manches Kinn, dreißig kleine Scheißer wie er selbst.

Keiner von ihnen hatte in den vergangenen zehn Tagen ein Stück Seife gesehen oder die Unterhose gewechselt. Sie aßen geröstete Haferflocken, Fleischkonserven und Aprikosen aus der Dose, sie setzten sich auf einen Balken und kackten in die Grube, die sie in den Waldboden gegraben hatten. Sie legten sich mit den Fliegen und Mücken in ihren Zelten schlafen, in der muffigen Luft feuchter Socken und schlammverkrusteter Hosen. Kinder noch, mit absonderlichen Ritualen und einer unerbittlichen Hackordnung. Jene, die keine Protektion genossen, wurden mit Pflöcken auf den Waldboden gespannt, ausgebreitet wie Leonardos vitruvianischer Mensch, den Launen der Fähnriche und der Ameisen überlassen. Bis in die Dämmerung trieben sie sich im Gelände herum, interessierten sich fürs Wichsen und die Knochen, die sie im Schlick fanden, in der Schlucht, auf einer Erkundung des Flussbettes, und die manche für menschliche hielten. Sie interessierten sich für die im First des Hauptzeltes eingehängten Kavalleriesäbel, gekreuzt und blankgezogen, an deren Schneide sich einer die Stirn aufschlitzte. Der Mull, mit dem man das Blut stillte, ergab mit den Knochen aus der Schlucht ein hübsches Paket, das man einer lästigen Verehrerin mit der Aufforderung sandte, den Tod des Geliebten anzuerkennen und einzusehen, dass weitere Liebesbezeugungen sinnlos seien. Für Mädchen und zarte Gefühle hatte man keinen Sinn. Man ergötzte sich lieber an den frisch gefetteten Klappspaten, die sie wie das restliche Gerät in den Zeughäusern der Armee beschafften. Sie erörterten keine Fragen des Gemüts, sondern die Art und Weise, wie ein doppelter Palstek korrekt geknüpft wurde und wie viele Drehungen ein ordentlicher Henkerknoten mindestens aufweisen musste – es waren nach allgemeiner Auffassung acht. Sie interessierten sich für jede Art der Fesselung, besonders für jene ohne Seil und Strick, bei der man die Beine so um den Stamm einer jungen Tanne knotete, dass der Unglückliche im Schneidersitz seinen Baum umschlang wie ein Kind, das sich vor dem unbekannten Besuch fürchtet, das Bein der Mutter. Morsen war eine weitere Leidenschaft, sowohl das gewöhnliche mit Taschenlampen, Hohlspiegeln oder Flaggen, mit deren Hilfe man Botschaften ohne wesentlichen Inhalt von einem Hügel zum anderen übermittelte – beim anderen Morsen hingegen, auf der Brust eines kleinen Scheißers, der es gewagt hatte, die Aufmerksamkeit eines großen Scheißers zu erregen, waren die Nachrichten, mit denen man die Rippen des Unbelehrbaren traktierte, von Bedeutung: Punkt, Punkt, Strich, Punkt, Strich, Punkt, Punkt – Ich soll das Schanzwerkzeug nicht ungeputzt zurück in die Kiste legen. Mit Fresspaketen geht man zuerst zu den Fähnrichen. Die Äquidistanz zwischen zwei Höhenkurven beträgt auf einer Landkarte im Maßstab eins zu fünfundzwanzigtausend zehn, nicht fünfzehn Meter.

In diese Gesichter schaute er nun und wartete, dass man ihm seinen Namen nannte, den Namen, mit dem er von nun an gerufen werden und der ihm seine andere, geheime Persönlichkeit enthüllen würde, sein wahres Wesen, verborgen vor der Gesellschaft, hier aber lebendig und sichtbar. Er war bereit, seinem Signum zu begegnen, seinem Totem, das ihn behüten würde, nicht nur unter seinen Kameraden. Die Kraft seines Totems, seine Sendung sollten ihn leiten auch jenseits dieses Zirkels, unter jenen, die nichts von seiner Existenz wussten, nichts von seinem ständigen Begleiter, dem ewigen Schatten, der Quelle seiner Kraft, Zuflucht und Schicksal.

Mit seinem ersten Namen würde man nach ihm rufen, der zweite Name aber würde ihn rufen, und so, wie der erste Name die Tatsachen beschrieb, würde sein neuer Name das enthalten, was immer möglich sein würde, sein geheimes Wesen, seine wahre Bestimmung.

Er wünschte sich ein Totem der Stärke, Panther vielleicht, das hätte zu seinen schwarzen Haaren gepasst, aber dieser Name war bereits vergeben. Oder Fuchs, er konnte listig sein. Wolf wäre zu schmeichelhaft gewesen, er besaß weder dessen Gestalt noch Charakter, das musste er zugeben. Er brauchte einen Namen, der seinem Wesen entsprach, denn gewiss wollte er nicht enden wie jener scheue Junge, mit dem er das Zelt teilte und den ein unglückliches Geschick auf den Namen Grizzly getauft hatte. Niemand erinnerte sich, wie man darauf gekommen war, ob es damals einen vernünftigen, jetzt vergessenen Grund gegeben hatte oder einfach Bosheit dahintersteckte. Wer den Knaben verspotten wollte, brauchte ihn nur bei seinem Namen rufen. Seine schmächtige Gestalt war das Gegenteil eines Bären, er würde niemals ein Jäger, er würde niemals jemanden einschüchtern. Es war ohne Kraft und Ausdauer, und seinem Totem glich dieses sanfte

Kind nur, wenn die Kameraden es durch das Lager jagten und mit Stöcken auf seine Füße einschlugen, bis es tanzte wie ein Bär auf dem Jahrmarkt.

Jemand sprach ihn an.

Er drehte seinen Kopf.

Du gehörst nun zu uns.

Und wer zu uns gehört, braucht einen Namen.

Dein Name kommt von weit her.

Aus einem anderen Land.

Über die sieben Weltmeere ist er gereist, bis hierher, damit er dich finde.

Trage ihm Sorge.

Werde ihm gerecht.

Er wird dich beschützen. Aber auch du musst deinen Namen beschützen. Behalte ihn für dich. Damit er seine Kraft behält, muss er ein Geheimnis bleiben.

Der Name wurde ausgesprochen.

Er hörte ihn.

Es waren drei Silben.

Er kannte den Namen, er kannte das Tier.

Das Tier war nicht schwarz. Es war nicht stark. Es war faul und hatte pelzige Ohren, ein Viech, über das man lachte. Das Beste, was man über das Tier sagen konnte, war, dass es niedlich war.

Es musste ein Scheinname sein. Er hatte von diesem Scherz gehört, den man sich manchmal erlaubte. Man ließ den kleinen Scheißer ein paar Tage im Glauben, er werde von nun an ›Wurm‹ oder ›Marienkäfer‹ heißen. Man zog ihn eine Zeitlang damit auf, machte ihn fertig, bis er sich weinend in sein Zelt verkroch. Dann wiederholte man eines Nachts die ganze Sache und nannte ihm den richtigen Namen.

Sie stiegen von ihrem Baum, müde zogen sie zurück ins Lager.

Sie legten sich schlafen. Die restlichen Tage verbrachten sie damit, das Lagertor, die Latrine und den Wachturm abzubauen.

Die Nächte waren ruhig. Zu ruhig. Keiner kam.

Der letzte Tag brach an. Er glaubte immer noch, dass einer der Führer ihn vor der Abreise beiseitenehmen und den richtigen Namen nennen würde. Sie holten zum letzten Mal die Fahne mit der Burgunderlilie ein, standen noch einmal im Karree, dann war das Lager vorbei, und er wusste, dass er von nun an mit diesem Namen würde leben müssen.

Er würde niemals nach den Gründen fragen können. Dies musste ein Geheimnis bleiben.

Sie fuhren zurück in die Stadt, der Herbst kam. Er versuchte, mit seinem Namen Frieden zu schließen.

Keine Majestät darin. Keine Eleganz. Nichts Erhabenes, noch nicht einmal List oder Verschmitztheit, keine Verschlagenheit. Ein pelziges Knäuel. Eine Kapriole der Natur. Ein Witz der Evolution. Was sollte er damit anfangen?

Er war ein kleiner Scheißer, aber das musste ja nicht so bleiben. Er wollte ein großer Scheißer werden. Und es gab nicht nur das Scheißkaff, es gab größere Scheißkäffer. Und da wollte er hin. Aber wie sollte das gehen mit diesem Tier?

Sein Vater fragte ihn, ob er einen Namen erhalten hatte, und er war froh, dass er sich auf das Geheimnis berufen konnte und diese Lächerlichkeit nicht aussprechen musste.

In der Bibliothek seiner Schule lieh er sich ein Buch über sein Totem. Darin Bilder dieses flauschigen Gnoms im Kreise einer Menschenfamilie, Mutter, Vater, Tochter, vereint im Schatten eines Baumes. Der Vater drückte das Wesen an seine Brust, die Tochter kraulte das Fell, während die Mama hinter den beiden stand und die drei mit ihrem Lächeln segnete. Er las: »Ein typischer Tagesablauf im Leben dieses freundlichen Gesellen: Fressen, Schlafen, Ausschau halten und Dösen. Stress scheint es auf alle Fälle nicht zu geben.« Er las: »Was liegt näher, als dass man sie einfach in die Arme nimmt und sie gerne hat – es macht ihnen anscheinend auch Spaß.«

Das passte alles nicht zu ihm.

Er war kein Kuscheltier.

Keiner hatte ihn jemals einfach so in die Arme genommen. Schon gar nicht seine Mutter, die ihn vor ein paar Jahren verlassen hatte, mit einem anderen Mann lebte, in einer anderen Familie, die er einmal monatlich besuchte, sonntags.

Er betrachtete sich im Spiegel.

Dunkle, dicke Locken. Ebenso schwarze Augen. Eine Haut, die ins Olivgrün tendierte. Er sah nicht aus wie seine Kameraden mit ihren milchigen Teints, den roten Wangen von der Butter und der Sahne. Er trug etwas Fremdes in sich. Seine Urgroßmutter hatte sich mit einem Fahrenden, einem Kesselflicker, eingelassen. In seinen Adern floss Zigeunerblut. Zigeuner waren nicht niedlich. Sie waren stolz und gefährlich.

Und dann las er etwas in diesem Buch, etwas, das ihm Angst machte und mit dem er noch weniger klarkam und das er nicht begriff. Er las: »Als ausgesprochene Spezialisten, von ihrem Lebensraum wie ihrer Nahrung her gesehen, stellen die Tiere eine heikle Art dar. Veränderungen ihrer gewohnten Umgebung vermögen sie kaum zu verkraften. Sie bleiben ein Leben lang mit ihrer Gegend verbunden.«

Was zum Teufel sollte das heißen? Hatten seine Kameraden das gewusst? Sie hielten ihn nicht nur für putzig, sie hielten ihn auch für faul. Gut. Damit konnte er notfalls leben. Aber hier bleiben, in dieser Stadt, ein Leben lang? Sich niemals bewegen, verwurzelt bleiben, ausgerechnet er, ein Achtelzigeuner, ihn, den es fortzog, der Abenteuergeschichten las, Berichte über ferne Länder?

Er hatte keine Ahnung, was er hier anfangen sollte. In dieser Stadt.

Und vor allem – was war es, das er nur hier

bekommen sollte, das es nirgendwo anders gab, auf das er angewiesen sein sollte?

Hier, in dieser Stadt, wo es nichts gab außer Soldaten und Fabriken? Wie sollte er an diesem Ort bleiben, was sollte hier aus ihm werden? »Veränderungen ihrer gewohnten Umgebung vermögen sie kaum zu verkraften.« Er wusste nicht einmal, was das hätte sein sollen, die gewohnte Umgebung. Die Welt veränderte sich, und sie veränderte sich schnell.

Er erinnerte sich noch an den Großvater, einen Sattler mit einer eigenen Werkstatt, wo er auf dem Schoß des Alten gesessen und dem Auf und Ab der Nadel zugesehen hatte. »Nähen« war eines seiner ersten Worte gewesen, aber der Großvater war verschwunden. Jungfrauen hatten ihn getötet, täglich vierzig, die er sich gegönnt hatte, Zigaretten der Marke ›Virginie‹. Und mit dem Großvater war seine Werkstatt verschwunden, eine ganze Welt war versunken, das Kummetkissen, die Reifelmaschine, das Halbmondmesser und der Lederhobel, ebenso der Kantenzieher, die Leder- und die Gurtspannenzange, sein Sattlerroulett, die Priquemaschine und der Nähkloben, das Nähross, das Falzeisen, verschwunden wie die Ahlen und die Riemernadeln. Natürlich: Kaum einer schlief noch auf Rosshaarmatratzen, wie Großvater sie hergestellt und ausgebessert hatte, und deshalb brauchte niemand mehr zu wissen, dass die Schwanz- und Schweifhaare mit Wasser ausgekocht und durch Hecheln in lange und kurze getrennt wurden. Die ersten, die mindestens sechzig Zentimeter messen sollten, aus Russland aber manchmal zwanzig Zentimeter länger kamen und für Violinenbögen benutzt wurden. Die kürzeren, die Großvater gebraucht hatte, wurden durch Sieden und Dämpfen gereinigt und zum Kräuseln geneigt gemacht, man nannte sie deswegen Krullhaare. Sie bildeten das beste Polstermaterial. Gute Rosshaare waren hart und elastisch, schon gebrauchte erhielten ihre Elastizität wieder, wenn man sie auskochte und zum Trocknen auf Stöcke wickelte – die ebenso verschwunden waren wie jene Arbeiter, die in den Gerbereien selbst die kürzesten Haare vom Fell der toten Tiere schabten, um sie für Mauerputz zu verwenden. Oder für die Filzhüte, die ebenso verschwunden waren wie die Hosenträger und die Flachsbündel, die Schindeln, die Maisschelferten und die Dreschschlegel. Und nicht nur die Sattler waren verschwunden, auch die Köhler und ihre Meiler, Füllibäume, Löschen und Wässerbleche, die Burden, die Birkenbesen, das Worfeln, die Brotbretter, die Riffelbänke und die Wasserröste, die Spinnräder und die Haspeln, die Zettelrahmen und die Webstühle, die Schuster und ihre Pechdrähte ebenso wie die Störenmetzger mitsamt ihren Schragen, der Bütti, den Beilen und den Sägen. Die ganze Welt veränderte sich, aber es schien, als würden die Möglichkeiten, hier ein Leben zu führen, immer kleiner. Und er würde wohl das tun müssen, was der Großvater ein Leben lang zu verhindern versucht hatte und was ihn wütend machte und ihn seine Frau schlagen ließ, wenn sie vorzuschlagen wagte: eine Arbeit in den Werkstätten der Armee anzunehmen. Vielleicht sollte er irgendeinen Beruf lernen, der dem Land dienen würde bei der Abwehr der roten Gefahr. So wie sein Vater, ein Chemiker, der in einem geheimen Labor arbeitete, in einer Anlage, versteckt in den Bergen. Er war einmal dort gewesen, am mit Stacheldraht bewehrten Zaun hatte er gestanden, hatte gesehen, wie jeder, der Zutritt verlangte, sich bei den Wächtern ausweisen musste, bevor der Schlagbaum sich hob.

Es herrschte nämlich Krieg.

Und schuld daran waren die Kommunisten.

Sie entführten Flugzeuge, sperrten Wirtschaftsführer in Kofferräume, hängten ihnen Schilder vor die Brust, erschossen sie wie Hunde.

Es hieß, es sei ein kalter Krieg, aber hier, in seiner Stadt, war er mehr als das. Er war spürbar, sichtbar.

Die Panzer fuhren in langen Kolonnen durch die Stadt. Vom Übungsplatz drang der Lärm der Maschinengewehre und der Haubitzen. Abends waren die Kneipen voll mit Soldaten.

Man musste wehrhaft bleiben, das sagten alle.

Damit die Russen den roten Knopf nicht drückten, der sie alle vernichten würde.

Der nächste Krieg würde der letzte sein, so viel war klar. Den Menschen war nicht zu trauen, wer an das Gute glaubte, war dumm. Jeder wollte etwas, und jeder wollte es lieber heute als morgen. Es ging ihm plötzlich auf, dass darin der Grund für das Elend liegen könnte: im Ehrgeiz der Menschen. In der Schule hatte man ihm gesagt, dies sei die Kardinaltugend, wenn er etwas erreichen wolle im Leben, dann werde er sich anstrengen müssen. Aber hieß das nicht auch, in einen Wettstreit zu treten mit jenen, die nach demselben begehrten, hieß das nicht, einen Kampf aufzunehmen? Nur wer kämpfte, konnte gewinnen, aber einen Verlierer würde es unweigerlich auch geben. Und er wusste, welche Gefühle eine Niederlage bei ihm auslösten, Hass und Rachsucht. Mit jedem Sieg schaffte man sich einen Feind.

Sein Totem aber existierte, ohne nach etwas zu streben. Es bewegte sich nicht einmal, lag den ganzen Tag nur herum und tat keinem etwas zu Leide. Unglücklich schien es deswegen nicht zu sein. Und ganz gewiss war es nicht unbeliebt. Jeder mochte sein Totem, es hatte keine Feinde, es gab schwerlich eine Kreatur, die größere Sympathien genoss. Wenn er es so halten würde, wenn er jedem Streit ausweichen würde, jeder Ambition entsagen, wenn er sich mit einem Baum begnügen würde, fressen würde, was ihm vor die Nase zu hängen kam, wenn er nur das nahm, was ihm zufiel – wen könnte er gegen sich aufbringen? Niemand würde böse auf ihn sein, niemand würde ihm nachstellen oder neidisch sein, niemand würde ihm etwas missgönnen, denn er hatte niemandem etwas weggenommen und lag mit niemandem im Wettstreit. Eine Gefahr für niemanden, würde er ein Leben für sich selbst führen, und vielleicht wäre er einsamer als andere, vielleicht würde er weniger von der Welt sehen, sich begnügen müssen. Aber dafür hatte er seine Ruhe und seinen Frieden. Und er sah nicht, was mehr von einem Leben zu verlangen war. Das Totem würde ihm zeigen, wie ein einfaches, stilles und friedliches Leben zu führen war, hier, in seiner Stadt, in der er bleiben würde, sein Leben lang, und wo er sterben würde, in einer fernen Dezembernacht, dieser kleine Scheißer, der er war, dieser kleine Scheißer in einem kleinen Scheißkaff, dieser Mensch mit einem guten Vorsatz, ein Mensch, der nicht alles bedacht hatte, er, mein Bruder.

Und das sind die Namen des Tieres: Callewine, Koolewong, Kobarcola, Colah, Koolah, Karbon, Cool, Burror, Bangaroo, Pucawan, Goridun, Boorabee, Koala.

Die längste Zeit hatte das Tier ohne Namen existiert, zwanzig Millionen Jahre wurde es von niemandem gerufen, und doch streifte es schon durch die Steppen, ein Wesen von unbekannter Gestalt, von dem sich nichts als eine Zahnreihe erhalten hat. Es war schon da, als sich die Kontinentalplatten zerrieben, sich Bruchrinnen und hoch im Norden, am großen Meer, das man Tethys nennt, die ersten Dehnungsrisse bildeten. Der alte Kontinent zerbrach, eine Scholle löste sich und trennte das Tier von seiner Gattung, trug es fort, nach Norden und nach Osten, hinein in die warmen Winde, die in den folgenden Jahrmillionen feuchte Luft vom Meer her in das Land trugen. Im schweren Regen verwandelte sich das Tier, es war zu jener Zeit, als sein Rücken kürzer wurde und es den Schwanz verlor. Und noch einmal brach das Land entzwei, Antarktika fuhr in den Süden, erstarrte und wurde zu seiner eigenen Geschichte. Es wurde kühler um das Tier, trockener, die Regenwälder verschwanden und machten Akazien und Eukalypten Platz.

Und das Tier, geduldig, passte sich an, begnügte sich mit dem neuen Kraut, entsagte dem Wasser, dem Kampf und jeder Eile. Es legte sich in eine Astgabelung und ruhte, schlief jahrtausendelang.

Sieben Milliarden Tage und sieben Milliarden Nächte wechselten sich ab, einer war wie der andere. Niemand nahm Notiz. Niemand wollte etwas. Keiner begehrte seinen Tod. Es gab nichts zu verteidigen. Das Tier schmiegte sich in die Jahrtausende, schlief und äste, äste und schlief, es hielt Schritt mit dem Wachsen der Bäume – das war seine Geschwindigkeit, ohne Ehrgeiz und ohne Idee, wie es etwas zu seinen Gunsten verändern könnte. Das Tier begehrte nichts, als von seinem Ast in die Wälder zu blicken und den Geist ruhen zu lassen. In seltenen Nächten rief es in die Dunkelheit, ein zweistufiger Gesang, der mit einem Einatmen begann und einem Schnarchen ähnelte. Dann ließen die Lungen die Luft ausströmen, und ein zittriger Ruf ging langsam in ein Crescendo über, das weit hinaus über das Land trug, von wo, manchmal, aus einer entfernten Lichtung oder von jenseits des Flusses eine Antwort klang, bevor es wieder still wurde und der nächste Schlaf kam.

Bis die ersten Jäger kamen. Mit Booten, kaum mehr als grob behauene Baumstämme, waren sie auf der anderen Seite des Meeres gegen die Brandung angerannt. In den Stürmen auf der offenen See gingen Generationen verloren, verdorrten auf einem Eiland oder verendeten in einer Strömung, die sie nicht mehr entließ. Der Ehrgeiz, der den Menschen innewohnt, ließ es sie weiter versuchen, so lange, bis einer von ihnen Grund unter seinen Füßen spürte.

Es heißt, die Ersten, die dem Meer entstiegen, seien Brüder gewesen, Yahberri, Mahmoon und Birrum mit Namen. Und sie seien nicht alleine gekommen. Sie brachten ihre Großmutter mit, deren Namen keiner kennt, und sie fanden ein reiches Land, die Flüsse voll mit Fischen, der Himmel voller Vögel – nur das süße Wasser war knapp. So zogen die drei Brüder los, um eine Quelle zu finden. Die Großmutter ließen sie zurück, am Strand, wo sie angekommen waren: Das ist das Letzte, was von ihr berichtet wird.

Yahberri, Mahmoon und Birrum zogen durch das Land, aber sie fanden kein Wasser, und als sie tagelang in der Einöde herumgeirrt waren und ihr Verdursten sicher schien, stieß einer von ihnen in seiner Wut den Speer in die Erde. Und dort, wo er im Boden stecken blieb, spritzte eine Fontäne klaren Wassers aus dem Grund, sie tranken davon und holten ihre Frauen über das Meer. Die Generationen kamen, aber das Wasser blieb ihre ständige Sorge.

Und sie entdeckten das Tier in seinem Baum. Es trank nicht, ihm reichte der Tau, der morgens auf den Blättern lag. Die Kulin, wie sich diese Menschen nannten, rannten ohne Pause umher, von Wasserloch zu Wasserloch, und doch reichte es nie, immer waren sie durstig, immer drohten sie zu versalzen. Die Menschen, im Gegensatz zum Tier, waren nicht haushälterisch, ihr Tun brachte sie ins Schwitzen, sie pissten und spuckten, sie waren wie feuchte Schwämme in der Hitze des Mittags. Keinen Tag konnten sie ohne Wasser sein. Wer so unvorsichtig war, sich zu weit von der nächsten Quelle zu entfernen, dem blieb nur das Blut einer Beute, um den Durst zu stillen, wenn er nicht in einem oder zwei Tagen verdorren wollte.

Und weil sie Menschen waren, staunten sie über das Tier, das niemals trinken musste, waren neidisch und erfanden Geschichten, um ihrer Gefühle Herr zu werden.

In einer heißt es, dass die Kulin eines Tages im Wald das heilende Harz der Akazie sammelten. Das Tier sah dies und wollte auch davon haben. Wenn es Harz wolle, entgegneten die Jäger, solle es das selber sammeln. Diese Worte machten das Tier wütend, es ging und stahl ihnen die Gefäße, in denen sie das Wasser aufbewahrten, und trug sie zuoberst in seinen Baum. Als die Jäger durstig waren und erkannten, was das Tier getan hatte, stieg einer von ihnen in den Baum, um sich das Wasser zurückzuholen. Aber das Tier warf eines der Gefäße nach dem Jäger und traf ihn am Kopf. Der Kletterer verlor das Gleichgewicht und fiel durch die Äste bis hinunter auf den Boden.

Der Geruch des Todes rief Bunjil herbei, den Vater der Kulin. Er befahl dem Tier, es solle das Wasser zurückgeben. Aber das Tier wollte nicht, es war starrköpfig und schmollte jetzt und musste bestraft werden.

Bunjil schickte deshalb drei Männer hinauf in den Baum, immer höher stiegen sie, sie waren fast bei ihm, als es seinen Platz verließ und floh, hinaus auf die äußersten Äste. Aber es war zu spät. Einer der Männer griff das Tier und erschlug es.

Und die Jäger erzählten sich, dass sie ihm das Fell über die Ohren gezogen hätten, ein gutes Fell, weich und regenfest. Das Fleisch brieten sie über dem

Feuer und bemerkten nicht, wie die Freunde des Tieres in das Lager kamen, das Wasser stahlen und die Wasserlöcher zuschütteten.

Und als die Menschen vor Durst zu schreien begannen, sei Karakawook, die Frau aus dem Himmel, gekommen und habe den Streit geschlichtet. Die Tiere mussten das Wasser zurückgeben, dafür versprachen die Menschen, ihnen in Zukunft das Fell zu lassen und sie nur ungehäutet zu braten.

Sie taten dies, weil sie sich schämten. Das Tier war eine zu leichte Beute. Keine Anstrengung war nötig, um es zu jagen, keine List und kein Plan. Das Tier wehrte sich nicht, es lief nicht davon, die Jäger schüttelten den Baum, es fiel ihnen vor die Füße, sie töteten es, aßen und schämten sich.

Das Tier hatte mit keiner Gefahr gerechnet. Es rechnete nicht damit, dass jemand nach seinem Fleisch trachten könnte und dafür die Bäume anzündete und das Land in Brand steckte. Was aus dem Feuer und dem Rauch floh, das lernte es bald, wurde vor die Speere und Beile getrieben, niedergemacht und gegessen, und so zog sich das Tier mit den Bäumen, die dem Feuer trotzten, von der Küste in abgelegene Gebiete zurück, weg von den Menschen, in die Wälder am Rande der Wüste, auf karge Böden, ohne Kupfer und Eisen. Es schickte sich in die Situation, gewöhnte sich an den Mangel und die lebenslange Anämie. Doch auch sein Rückzugsgebiet wurde angegriffen, seine Freistätten noch abgelegener. Man sah das Tier kaum mehr, es wurde zu einem Gerücht.

Bis sich in einer anderen Ecke der Welt ein Mann entschloss, seinem König die Steuern zu verweigern, und eine neue Geschichte ihren Anfang nahm. Der Mann war jenseits der dreißig und hatte es schon zu etwas gebracht im Leben, zu einer Tabakplantage und dreihundert Sklaven. Er hatte eine reiche Witwe geheiratet, residierte auf einem Hügel in einem prächtigen Haus und lebte besser als viele seiner Herren. Denn er war zwar wohlhabend, doch in einer Kolonie geboren und ein Untertan. Es waren andere, die über ihn bestimmten, Aristokraten auf dem alten Kontinent. Und weil dieser Mann vergessen wollte, dass er nur ein Diener war, stattete er sich wie ein Herr aus. Bestellte Dessertgläser, wie seine Herren sie benutzten, eine Mahagonitruhe mit sechzehn Dekantiergefäßen, einen Käse im Gewicht von 124 Pfund, Besteck aus Sterlingsilber mit Griffen aus Elfenbein, Satinhauben, Puddingschalen, Schnupftabak, Filzhüte, mit Wappen verziertes Briefpapier, Stiche von Fuchsjagden, sechs Flaschen Greenoughs's Tincture mit Schwammpinseln zur Reinigung seiner Zähne – denn Herren, das wusste er, haben niemals schlechte Zähne. Aber er hatte nicht daran gedacht, dass der Kaufmann, der auf der anderen Seite des Meeres lebte und ihm die Waren lieferte, derselbe war, dem er auch seinen Tabak in

Kommission gab. Er bestimmte, wie viel der Tabak eintrug, wie viel die Ware kostete. Und merkwürdig: Von Jahr zu Jahr brachte der Tabak weniger, aber der Preis der Möbel, der Gläser und des Portweins, den er sich fassweise übers Meer liefern ließ, stieg mit jeder Fuhre.

Er stand also an seinem Fenster, während draußen die Sklaven als brave Maulesel ihre Arbeit verrichteten, mit ihrem Schweiß den fernen Herren ein sorgenfreies Leben ermöglichten, und betrachtete die letzte Abrechnung des Kaufmanns, mit einem Saldo, den ein ehrlicher Mann niemals begleichen konnte und der noch seine Kinder und Kindeskinder in die Knie zwingen würde, und er bemerkte, wie sich ein Gefühl in seiner Brust zu regen begann, ein Gefühl, das er vor langer Zeit empfunden und beinahe vergessen hatte. Es war die Wut, die ihn befiel, der kalte Zorn eines Soldaten, der in mehr als einer Schlacht mit seinem Blut für die Krone eingestanden war, die Krone, die ihm jetzt in den Rücken fiel. Erinnerte sich jemand an Fort Necessity? Wie er mit einem Haufen Elender das königliche Territorium verteidigt hatte, gegen eine Übermacht aus aufgeputzten Franzmännern und einer Horde blutrünstiger und halbnackter Wilder? Wie er seine Männer vor der Vernichtung gerettet und eine Kapitulationsurkunde unterzeichnet hatte, die ihn als gemeinen Mörder titulierte und ihm keinen Ruhm, sondern nichts als

Schmach und Schande eingetragen hatte? Und Monongahela? Erinnerte sich jemand an diesen General der königlichen Armee, der gemeint hatte, er könne in den Wäldern Pennsylvaniens die gleiche Taktik anwenden wie zu Hause bei seinen Coldstream Guards? Hatte er nicht versucht, den aufgeblasenen General auf das unterschiedliche Gelände aufmerksam zu machen? Aber der Ignorant wollte nicht hören und trieb die Truppe vorwärts, bis er sich eines Nachmittags auf einer Lichtung der versprengten Vorhut gegenübersah, die vier Fünftel seiner Armee in ein paar Minuten auslöschte. Neunhundert gute Soldaten waren auf dieser verdammten Lichtung geblieben an jenem Tag im Juli, und er fühlte noch jetzt, wie die Kugeln seinen Rock durchlöcherten, wie das Pferd unter ihm zusammensackte, er hörte noch jetzt, an seinem Fenster, die Schreie der Verwundeten, wie sie um Gnade bettelten, während ihnen die Wilden bei lebendigem Leibe die Schwarte vom Kopf schnitten. Erinnerte sich einer von denen, die ihn in den Schuldturm werfen wollten, wie er in Blut und Eingeweiden watend die Versprengten gesammelt und den Rückzug organisiert hatte, damit wenigstens dieses Fünftel am Leben blieb, für weitere Schlachten ihres Königs, der ihm jetzt die Schlinge um den Hals legte? Spielte es denn keine Rolle, dass er ein Leben lang das Licht des Abendlands, die Fackel der Aufklärung, das Heil des Evangeliums in diese Wälder zu bringen versucht hatte, in diese Wildnis, die nur Mord und Hexerei kannte? Hatte einer von den feinen Herren in ihren Kontoren jene Hütte am Fluss betreten, die so verdächtig still lag, so friedlich, hatte einer die Frau gesehen vor dem Kamin, den Vater, die sechs Kinder in ihrem Blut? Hatte einer dieser Herren je seinen Untertan begraben so wie er, mit bloßen Händen?

Dafür gab es keinen Dank. In den Augen seiner Herren blieb er ein Untertan, ein Schuldknecht, ihrer Willkür ausgesetzt, wie die Negersklaven seiner Willkür ausgesetzt waren. Nichts unterschied ihn von diesen, die man aus Afrika über das Meer verschifft und in Ketten gelegt hatte, die draußen in der Hitze schufteten, noch immer ihre Stammesmale trugen und sein Englisch nicht verstanden. Nein, er war ein Sklave wie sie – aber seine Fesseln waren nicht aus Stahl, sie waren aus Papier und trugen das Siegel der Bank of England.

Aber etwas war geschehen. Er hatte begonnen, sich als freier Mensch zu fühlen. Und er fand bald andere, die dasselbe empfanden, fand Männer, Pflanzer wie er, reich und verschuldet wie er. Sie taten sich zusammen, gründeten Parteien und erhoben sich, nicht bereit, jene neue Stempelsteuer anzuerkennen, die der König erfunden hatte, um der Kolonie noch mehr abzupressen. Sie wollten wählen, ihre eigene Regierung, ihr eigenes Parlament, ihre eigenen Gesetze, ihre eigenen Gerichte. Und sie wollten ihre eigene Armee. Sie hoben Männer aus und drillten sie. Sie gingen das Problem auf die bewährte, menschliche Weise an, mit Krieg und Blutvergießen.

Aber wenn sie keine Männer ausgehoben und gedrillt, wenn sie die Unabhängigkeit nicht ausgerufen und keinen Krieg angezettelt hätten, dann wäre George Washington nicht der erste Präsident der Vereinigten Staaten von Amerika geworden, und der englische König hätte weder Virginia noch Maryland verloren, er hätte keine neue Strafkolonie benötigt. Nun aber brauchte er eine Küste, an die er seine Verbrecher transportieren konnte, so wie er es immer getan hatte, wenn die Gefängnisse im Königreich überfüllt waren. Und so ging das Geschäft voran und landete auf einem Chippendale-Schreibtisch aus Mahagoni und in japanischer Art gelackt, der in einem Zimmer in Whitehall stand, im Büro des Innenministers, der an einem Freitag im August 1786 eine Anordnung auf das Papier setzte. Es war der Befehl seiner Majestät, die Verbrecher des Königreiches aus dem Land zu schaffen, auf Schiffen ans andere Ende der Welt zu bringen und dort ihre Strafe verbüßen zu lassen, für sieben Jahre oder bis ans Lebensende, was dasselbe war. Der Minister, Thomas Townsend, der zu einem Adelstitel gekommen war, der erste Viscount Lord Sydney, arbeitete auch an jenem letzten Tag der Arbeitswoche gründlich und sorgfältig und listete auf, was man für diese Unternehmung benötigte: vierzig Baumsägen, hundert Hacken, auf jeden vierten Mann einen Hammer, Bohrer und was man zum Hausbau sonst benötigt; zehn Ambosse und dreißig Wetzsteine, vierzig Schubkarren, ebenso viele Handmühlen, zwölf Pflüge, dazu Roheisen, Glas, Angelhaken, Fischernetze, zehn Fass Nägel verschiedener Stärke, zweitausend Splinte, zweihundert Scharniere und halb so viele Schlösser. An Garderobe auf jeden Mann zwei Jacken, vier Paar wollene Unterhosen und Strümpfe aus Kammgarn, einen Hut, schließlich Essnäpfe, Pökelfleisch, Zwieback, Mehl und allerlei lebendes Getier, Schafe, Ziegen, Hühner, Enten und anderes Geflügel.

Dafür, so schrieb der Minister an seine Kollegen von der Schatzkanzlei, setze ihre Majestät die Summe von tausendzweihundertachtundsechzig Pfund und zehn Schillingen ein, ein erheblicher Betrag, dessen sei er sich bewusst, und er sei gerechtfertigt, denn die versteckten Kosten, die durch diese liederlichen Gesellen dem Königreich zur Last fielen, seien um ein Mehrfaches höher. Man werde diese Flotte unter das Kommando eines fähigen und erfahrenen Seemanns stellen, der am Kap der Guten Hoffnung die Vorräte aufstocken lassen und ferner unterwegs einige Weiber beschaffen werde, die der Mannschaft als Gefährtinnen dienen würden.

So beluden sie die Schiffe. Und als der Proviant, das Vieh, die Mannschaften und die Soldaten an Bord waren, trieb man zuletzt die Verlorenen auf die dreizehn Schiffe, an einem Morgen im Mai, pferchte sie auf die ›Alexander‹, die ›Friendship‹, die ›Scarborough‹, die ›Prince of Wales‹, die ›Charlotte‹, die ›Lady Penrhyn‹, die ›Borrowdale‹, die ›Golden Grow‹, die ›Fishburn‹ und auf die ›Sirius‹, aber weder die Freundschaft noch eine edle Dame und auch kein ferner Stern erwarteten sie, nur nacktes Holz und feuchte Pferche ohne Licht und Luft tief unter Deck. Hutmacherinnen suchten sich ihren Platz, Hausierer, Marktschreier, Bedienstete, Möbelschreiner, Fuhrleute. In jedem Zustand und jeden Alters, schwanger, gebrechlich, humpelnd, abgerissen und in Lumpen, und auch jene Veteranen der amerikanischen Kriege, die der Frieden zu Paris arbeitslos gemacht und zu Hunderttausenden zurück ins Königreich geschwemmt hatte. Der Krieg hatte sie im Zaum gehalten, doch einmal aus dem Dienst entlassen, zeigte sich, dass diese Kreaturen die Gnade der Arbeit nicht kennengelernt hatten. Die Krone gab ihnen eine letzte Gelegenheit, sich in dieser Übung zu reinigen, und man wollte ihnen zeigen, nach welcher Art die Ordnung war, mit einem Gouverneur und dreihundert Soldaten als Lehrmeister.

Alles in allem siebenhundertsechsundfünfzig Verdammte, zweihundertsiebenundvierzig Soldaten und dreihundertdreiundzwanzig Seeleute, vierzehn Kühe, dreißig Schafe, sechzig Ziegen und eine unbestimmte Zahl von Geflügel, bereit, die Reise ans andere Ende der Welt anzutreten.

Darunter der sechzehnjährige John Bannister, der mit zwei Kumpanen ein paar Jahre vorher an einem Nachmittag gegen fünf Uhr in das Haus eines gewissen John Newen gestiegen war und es mit einem Kindermantel, einem Paar Baumwollsocken und einem Nachthemd wieder verlassen hatte. Dafür hatte ihm der Baron Eyre vor der zweiten Middlesex-Jury im ›Old Bailey‹ sieben Jahre Verbannung verpasst.

Sieben Jahre auch für William Brice, der in einem Laden in der Peter Street einen Spiegel geklaut hatte, da war er sechzehn.

Mary Morton, zwanzig, die an einem fünfzehnten Januar siebzehn Schnupftücher gestohlen hatte, ebenfalls sieben Jahre.

Und auch Rebecca Boulton stieg an Bord, eine Dienstmagd, die an einem Dienstagmorgen gegen vier Uhr früh aus dem Haus des John Grant geflohen war und ein Baumwollkleid, eine Schürze, einen Hut, ein Band, ein paar Schuhe und ein Taschentuch mitgenommen hatte. Am Tag darauf wurde sie aufgegriffen und ins ›Old Bailey‹ gebracht, wo man ihr zwei Tage später mit einem glühenden Eisen ein großes F in die Hand brannte und sie zu den üblichen sieben Jahren Verbannung verdammte.

Sie war nicht verwandt, aber von derselben Art wie Mary Bolton, die die ›Lady Penrhyn‹ bestieg. Die letzten Jahre hatte sie im Kerker von Shrewsbury verbracht, und selbst in Gefangenschaft wurde sie gerichtsnotorisch, weil sie gemeinsam mit einunddreißig weiteren Häftlingen den Aufseher Joseph Loxdale gedrängt hatte, Seine Lordschaft Viscount Sidney schriftlich zu bemühen mit dem Hinweis, wie überfüllt dieses Gefängnis sei und dass täglich neue Verbrecher in die Zellen gebracht würden und dass er doch, wenn es ihm beliebe, daran denken solle, dass man, falls ein Kerkerfieber oder eine andere ansteckende Seuche ausbrechen sollte, die Kranken aus Platzmangel nicht isolieren könnte, und er möge doch, aus Fürsorge für die Gemeinde der rechtschaffenen Menschen, die sich auf der anderen Seite der Mauern zu Recht vor diesem Seuchenherd fürchte, und, wenn es ihm beliebe, auch aus Mitleid für jene Gefangenen, die seit drei Jahren ohne Hofgang aneinandergekettet lägen, die Kerkerhaft baldmöglichst erlassen und die Strafe in Tod durch Erhängen umwandeln.

Aber das wäre nicht in seinem Sinne gewesen. Seine Lordschaft war barmherzig und gab diesen Sündern eine letzte Chance.

Am Ende der Welt, auf den Antipoden, sollten sie eine Kolonie errichten und durch Arbeit und mit Gottes Hilfe auf den Weg des Heils zurückfinden. Auch jene, die verreckten oder bereits die Überfahrt nicht überlebten, hatten dem Königreich einen Dienst erwiesen und die Krone von der Sorge entlastet, die von den Kerkern ausging, in denen sich der Abschaum des Reiches sammelte.

Sie fuhren die Themse hinauf, an diesem linden Maitag, um Kent herum nach Portsmouth. Von dort, das war der Plan, um die iberische Halbinsel nach Teneriffa, wo man zum ersten Mal die Vorräte auffüllen würde. Dann über den Atlantik nach Rio de Janeiro und mit den Kreuzwinden zurück ans Kap der Guten Hoffnung zum letzten Landgang, bevor die Flotte in die südlichen Gewässer vorstoßen konnte, über den Wendekreis des Steinbocks, weiter östlich an den Gewürzinseln vorbei, hinab, hinab, eine Woche um die andere, und noch eine Woche und noch einen Monat, durch die Ewigkeit des Ozeans – einem Ort zu, wo das Gras grün, das Meer voll von Fischen und die Erde fruchtbar sei, wie es der selige Captain Cook beschrieben hatte. Man erhoffte sich fette Böden, die Flachs und Baumwolle für die Segel und Takelagen der Schiffe liefern sollten, mit denen die Krone die Weltmeere beherrschte. Eine Küste, die beinahe zu üppig schien für diese Abgefallenen, und läge sie nicht auf dreiunddreißig Grad südlicher Breite, man hätte die Verdammten um ihre neue Heimat beneiden können.

Ralph Clark jedenfalls, ein Sergeant auf der ›Friendship‹, hielt diese Elenden, mit denen er eingesperrt war, für glücklicher als sich selbst, er, dem sein Kommandierender Captain James Meredith verboten hatte, die letzte Nacht vor dem Ablegen an Land in den Armen seiner Liebsten zu verbringen.

Er verkroch sich in einen stillen Winkel, starrte auf das Bild seiner Alicia, verlor sich in ihren Locken, den Augen und den papierenen Wangen, bevor er sich zurück in den Dienst zwang und seinen Vorsatz aufnahm, ein nüchternes Tagebuch zu schreiben, sachlich die Vorkommnisse zu berichten. Aber was er aufs Papier brachte, waren Worte der Verzweiflung und der Angst im Angesicht der Einsamkeit, die ihn erwartete, Verwünschungen eines bitteren Herzens, ein Liebender, der sich nach den Armen seiner Frau sehnte. Kein Verbrecher trat diese Reise mit größerem Unwillen an als er, der die beste aller Frauen und seinen kleinen Sohn zurückließ, um einen Haufen Dreck ans andere Ende der Welt zu geleiten. Kein Sterblicher, dessen war er sicher, war unglücklicher als er, als frühmorgens um fünf Uhr, an einem 13. Mai, die ›Sirius‹ das Signal blies, man die Leinen löste und die Anker lichtete.

Das Ufer blieb nah und damit auch Clarks Hoffnung. Wenn die Flotte doch nur in Plymouth oder Torbay anlegen würde, damit er Alicia und seinen süßen Sohn noch einmal in die Arme schließen könnte! Herr, schrieb er, schick ihnen Gesundheit und Wohlergehen!

Er besann sich – wie sollten sie auch reisen können, und wie hätte er sie sehen können, der verliebte Soldat. Aber einen Brief würde er aufgeben können – aus Plymouth sollte es Nachricht geben!

Aber ein grausamer Wind verwehrte Clark das Glück und trieb das Schiff vom Ufer weg, den Brief hinaus auf die See, von wo keine Kunde drang.

Auf dem offenen Meer, nach Tagen der Verzweiflung und der Sehnsucht, besann sich der Soldat seiner Männlichkeit, seines Stolzes und seiner Tugend und wandte den Blick der Wirklichkeit zu. Er sah, wie verkommen seine Welt, mit welchem Abschaum er eingepfercht war. Er saß mitten auf dem Atlantik, in einer Nussschale, mit den dreckigsten Huren des Königreichs, vierundzwanzig verkommene Weiber, die man wie Tiere unter Deck halten musste, weil sie sich für eine Handvoll Zwieback vom schmutzigsten Bootsmann bespringen ließen. Dazu gesellten sich achtzig Schläger, Diebe und Straßenräuber, jederzeit bereit zu einer Ruchlosigkeit, nichts weniger als der Ausfluss der Menschheit, verdorben an Leib und Seele, faul bis ins Mark, gefährlich für alles, was wie er, Ralph Clark, einen letzten Rest gesunder Seele besaß.

Nach sechs Tagen überkam den Sergeanten eine Schwäche, eine Übelkeit, ein Ekel vor dem Meer, in das er sich übergab, morgens, mittags und in der

Nacht, sechs Tage lang, bis der Magen leer war und er gelbe Galle kotzte bis zur vollständigen Erschöpfung. Erst dann war er schwach genug, um sich in die Bewegung des Schiffes fallen zu lassen. Die ›Friendship‹ wiegte den Soldaten in einen seichten Schlaf, wo er seiner Liebsten begegnete. Er war vereint mit der Zartesten ihres Geschlechts, dem Licht seiner Tage. Er fühlte ihre Lippen, ihre Haut, er starb in ihrem Blick. Clark schlug die Augen auf, aber das Traumbild verschwand nicht, Alicia stand weiter vor ihm, er griff nach ihr, taumelte ihr entgegen, auf das Licht zu, das sie umfing. Doch hinter der Tür seiner Kabine fand er nur die Sonne und das leere Meer. Die Dünung hob den Kahn, mit der Dünung sank er wieder, es war Clark, als fühlte er seine Liebste atmen, als läge er mit seinem Kopf auf ihrer warmen Brust.

Die Nacht war ruhig, keine Winde. Er nahm Alicias Bild aus dem kleinen Beutel und küsste es einhundertmal. Auf der ganzen Welt gab es keine schönere Frau. Wenn sie hier bei ihm wäre, würden sie versuchen, sie ihm wegzunehmen, aber zuerst müssten sie ihm den letzten Tropfen Blut nehmen. Er träumte, Alicia sei mit dem Kind bei Dr. Kempster, und als er erwachte, hoffte er bloß, der Junge sei gesund – allein der Gedanke machte Clark zum unglücklichsten Menschen.

Jemand brachte einen Teller Essen, er trank eine Flasche Portwein und besann sich zu Vernunft und Nüchternheit.

Landgang. Am Hafen sammelte er Schmetterlinge, viele, alle für seine geliebte Alicia. In einem Gasthaus machte er Rast. Er bat um Orangen, als Alicias Bild aus seiner Brust sprang. Eine Lady fragte, was das sei, er erklärte es ihr, und sie bat darum, es sich ansehen zu dürfen. Sie wollte nicht glauben, dass auf der Welt solch Schönheit zu finden sei, aber er versicherte ihr, in Wahrheit sei die Geliebte noch viel schöner. Wie erleichtert war er, als sie ihm das Bild zurückgab. Die ganze Zeit hatten seine Hände gezittert, wie ein kleiner Vogel in der Hand eines Schuljungen.

Auf dem Schiff bekamen sie wieder das Einerlei aus Brot, Schweinefleisch und Gepökeltem zu essen, und niemals hatte die Menschheit einen solchen Transport gesehen, elf Schiffe, tausend Seelen. Die Freien und die Verdammten waren unter allen zu finden, unter jenen, die in eisernen Fesseln lagen, und unter jenen, die frei an Deck gingen; unter jenen, die bei Verstand waren und unter jenen, die von Geistern heimgesucht wurden und im Wind Klänge hörten. Über die Weiten des Ozeans erreichten sie das Schiff und ihre Ohren, manche sahen im Wasser Bilder, die von der Tiefe einen Moment enthüllt und im nächsten wieder verschlungen wurden.

Nach dreizehn Wochen auf See, am dreiundzwanzigsten Juni, nach einem heißen Tag und einer moderaten Brise aus Nordwest, als die Schiffe in Formation tiefer in den Süden stießen, da kam Ralph Clark dem Wahnsinn nahe bis auf zwei, drei Gedanken. Der Tag davor hatte seine restliche Kraft aufgezehrt, es war sein Hochzeitstag, er musste ihn zwischen Tauen, Feuchtigkeit und Hitze irgendwie überleben, er sprach sich zu, ermahnte sich, an anderes zu denken, an die Aufgabe, die Ordnung, die Befehle, aber großer Gott, himmlischer Vater, nimm mein Gebet und meinen Dank und jenen deiner Dienerin Alicia, dass du unsere Hände und unsere Herzen heute vor drei Jahren zusammengeführt hast in glücklicher Vereinigung. O gnadenvoller Gott, wie kann ich mich vor dir demütigen, wie kann ich dir jemals danken für dieses himmlische Geschenk. O geliebter Gott, beschütze und behüte sie, gib ihr Gesundheit und Wohlergehen, ihr und dem Versprechen unserer Liebe, das uns zu schenken du so gnädig warst. Beschütze das Kind und nimm dich seiner an auf all seinen Wegen, geliebter Jesus, was würde ich darum geben, an diesem Tag bei ihr zu sein. Himmlische Frau, beste Gattin, die ehrlichste Freundin, zärtlichste Mutter, ohnegleichen. Keine zärtlicher, keine schöner, lieblicher, keiner glücklicher als ich, nie wieder, wenn es dem Allmächtigen gefällt, mich wieder nach Hause zu bringen, will ich je wieder von ihr gehen. Liebste Frau, ich kannte deinen Wert nicht, ich hätte niemals wegfahren dürfen für eine so lange Zeit. O wie sehne ich mich danach, meine Geliebte in die Arme zu schließen und den schönen kleinen Sohn. O süßes Kind, was würde dein Vater für einen Kuss geben von deiner Mutter und von dir. Ich meine ihn schreien zu hören – Papa, Papa –, wenn ich meinen Hut nehme, um nach draußen zu gehen – liebe süße Musik für meine armen Ohren. Mir bleibt nur, Alicias Bild zu küssen, mein einziges Glück, und die Locke unseres Kindes, die sie mir gab. Nicht für eines Kapitäns Posten werde ich sie je wieder verlassen, denn ohne meine Liebsten bin ich der Unglücklichste unter allen Lebenden.

Clark rettete sich in die Abenddämmerung, die Nacht gönnte ihm etwas Ruhe. Doch als der nächste Morgen graute, stieg ein Wind auf, und Clark wurde weggetragen. Weit draußen rief er mit einem Wimmern den Herrn an. Der Sergeant winselte um Erlösung von der Sehnsucht, er bat um Beistand für die ferne Frau und das Kind, mochten sie gesund und am Leben bleiben, bis er zurückkommen würde von seiner Reise ans andere Ende der Welt.

Clark war nicht alleine in seinem Delirium, es schien, als habe jeden, der mit dieser Unternehmung verbunden war, der Wahnsinn gepackt, selbst der König, der diese Sache angezettelt hatte, begann an Unwohlsein zu leiden. Er stellte eine wachsende Unruhe fest, und eines Morgens wand er sich in Krämpfen. Man fand seinen Rücken von einem

Ausschlag übersät, als hätte man ihn ausgepeitscht. Das Weiß in seinen Augen nahm die Farbe von Zitronen an, der Urin war dunkel, die Füße angeschwollen. Man versuchte, die Unpässlichkeit vor dem Volk zu verbergen, und nachdem für einige Tage Besserung zu vermelden und der König nach Windsor zurückgekehrt war, begann sein Puls zu überdrehen, die Stimme des Königs wurde heiser und überschlug sich. Musik ertrug er nicht. Er sprach ohne Punkt und Komma. Er hatte den Drang, unentwegt zu reden. Er benötigte plötzlich einen Stock, und er wusste, er würde verrückt werden. Im Park begrüßte er die älteste der Eichen als Seine Majestät, den König von Preußen, schüttelte zum Gruß einen herabhängenden Ast und erging sich mit seinem königlichen Gegenüber in der Erörterung politischer Fragen. Dabei sprach er sanft und freundlich, und ein Diener, der dabeistand, war gerührt, als der König noch im Wahnsinn seine Loyalität bewies und die Rechte der protestantischen Kirche verteidigte.

Die Gattin, Charlotte, fand seine Augen in den Farben schwarzer Johannisbeeren, und er wurde mit jedem Tag ungehaltener. Mitten in der Nacht schreckte er aus dem Schlaf, von großem Zorn und Ärger gepackt, er stand auf, irrte im Gemach umher und hielt den entsetzten Ärzten, Dienern und der Liebsten eine Rede, eine Stunde sprach er, ohne Luft zu holen, bevor er erschöpft verstummte oder weiter in einer Unruhe gefangen blieb, die ihn zu einem Hofgang zwang. Er lobte sich für das Verhältnis, das er mit Lady Pembroke eingegangen sei, einer galanten Großmutter auf der falschen Seite der fünfzig, und Seine Majestät war ferner der Ansicht, die Institution der Ehe werde bald verboten werden.

Durch sein Teleskop war es ihm möglich, die Stadt Hannover zu sehen, und er sorgte sich um Papiere, die er in London zurückgelassen hatte, das in der Zwischenzeit, so unterrichtete er die Anwesenden, von einer Flut überrascht und überschwemmt worden sei. Trotz allem vergaß er seine Pflichten nicht und erteilte weiter Befehle, auch wenn die Empfänger gelegentlich nur in seinem Kopf existierten. Bis zum neunzehnten November ließ er den Bart stehen, dann erteilte er dem Barbier die Erlaubnis zur Rasur, allerdings nur für die eine Seite. Bis er zusätzliche Freiheitsrechte erhielt, so teilte er mit, müsse seine linke Wange behaart bleiben.

Es war Dr. Warren, der die Aufgabe übernahm, ihrer Majestät zu erklären, dass sie den Verstand verloren habe und Hilfe brauche, Hilfe in Form einer Zwangsjacke. Man schickte ihn nach Kew, einem ungeheizten Landsitz, weit weg von den neugierigen Blicken in Windsor, man entfernte Messer und Gabeln, band seine Beine an den Bettpfosten fest und spannte einen Gurt über seine Brust. Man wollte ihn brechen wie ein junges Pferd, das war die Kur, die man für ihn ausgesucht hatte. Wenn der

König sein Opium verweigerte und nicht essen wollte, fesselte man ihn an einen Stuhl, den findige Ärzte hatten bauen lassen. Er nannte ihn seinen Krönungsthron, und damit der König endlich einmal sein Maul hielt, stopfte man es ihm mit einem Knebel und stellte ihn ruhig, ein Privileg, das dem Sergeanten Clark nicht vergönnt war.

Gott warf seinen Soldaten zum Dienst zurück auf das Deck, wo die Disziplin längst verloren war. Sie kehrte nur an jenen Tagen zurück, an denen die Elenden zu erschöpft waren, um aufzubegehren. Die Weite des Ozeans zermürbte sie, die Weite draußen und die Enge innen. Am schlimmsten war es unter Deck, wo die Verbannten in ihren Löchern lagen. Man ließ sie nur gelegentlich an die frische Luft, und schon ohne diese hundert zusätzlichen Leiber war es eng. Die Mannschaft, die das Schiff in Schwung hielt, die Subalternen, die die Befehle weitergaben, die Offiziere, die den Kurs bestimmten. Dazu kamen der Arzt, die Ingenieure, die Weiber und schließlich die Bälger jener Offiziere, die dafür das Bedürfnis und die Erlaubnis hatten. Man stand sich auf den Füßen, auf einem Schiff, so groß, dass man über seine Breite spucken konnte.

Eines Morgens fand man bei der Mannschaft vier Frauen. Man legte die Weiber in Fesseln, sperrte Hände und Füße in Eisen, und eine, die nicht Ruhe gab, brachte man auf die ›Lady Penrhyn‹, wo man ihr einhundertzwanzig Hiebe verpasste. Clark fand die Behandlung zu milde, er hätte lieber alle vier bluten sehen. Er hatte Zahnschmerzen und seine Alicia geküsst, einhundert Mal, es war schließlich Sonntag. Er taumelte zwischen Hass und Delirium. Er fürchtete den Tag, und er fürchtete die Nacht, es wurde ihm dasselbe. Die Nachtgestalten blieben nicht im Dunkeln, und wenn der Morgen anbrach, verschleierten sie den Blick des Soldaten auf seinem Gang über Deck, strichen wie nasse Tücher über seine Haut, wenn er mit dem Rücken zur Reling stand und sich hastig nach dieser Berührung umdrehte. Die weite Dünung starrte ihm ins Gesicht.

Sie hielten Kurs, aber sie waren nie sicher vor Erscheinungen. In seichtem Gewässer trieb der Brauntang wie verlorenes Haar.

Auf der ›Alexander‹ krepierten fünfzehn am Fieber. Man hörte, das faule Leckwasser sei vergiftet und verpeste das Schiff.

Am achtzehnten beschuldigte Elisabeth Bowkins den Schiffsarzt, sie mit unflätigen Worten bedrängt zu haben, und als der Captain eine Untersuchung einsetzte, fand er keine Hinweise für die Schuld des Arztes und ließ die Frau in Eisen legen. Da begann Elisabeth unerhört zu fluchen, forderte Captain Meredith auf, ihre Fotze zu lecken, weil er nämlich kein Mensch, sondern die dreckigste Kreatur unter dem Himmel sei. Die Frau erhielt einhundertzwanzig Hiebe, und unter den Augen Clarks kettete man sie auf Deck an eine Pumpe, wo man sie für die nächste Zeit liegen ließ.

In Kapstadt, endlich, trieb man die Frauen auf die ›Lady Penrhyn‹ und brachte sechzig Schafe an Bord, Passagiere, denen Clark eindeutig den Vorzug gab.

An einem Freitagmorgen im Januar fanden sie die Bucht, die Captain Cook in seinem Bericht beschrieben hatte, Botany Bay. Sie legten Anker, stiegen in die Boote und setzten an Land über. Auf den ersten Blick machte das Land einen fruchtbaren Eindruck, hohe, lichte Bäume, die bis ans Wasser reichten, dazwischen saftiges Grün. Aber das Gras dort war hart und zäh wie Stroh, kein Futter für ihre Tiere, die Bäume faserig, hohl, zum Bauen ungeeignet und nur als Brennholz zu brauchen. Der Boden bis drei Fuß tief schwarzer Sand, unter der Regentschaft von zehengroßen Ameisen.

Weiter nördlich fanden sie eine Stelle, wo die Erde fetter schien, es gab einen Fluss mit klarem Wasser, dort, so entschied der Gouverneur, wollten sie ihr Glück versuchen. Sie hissten den Union Jack, feuerten einige Salven in den Himmel, tranken auf die Gesundheit des Königs und seiner Familie und nahmen das Land in den Besitz der Krone.

Es heißt, sie hätten an jenem Tag, an dem sie die Verdammten an Land brachten, die Schiffskojen untersucht, doch nur Unrat und kein Diebesgut gefunden, danach, um fünf Uhr morgens, begannen sie mit der Verfrachtung der Sträflinge, und es ist nicht überliefert, wer als Erstes an die Reihe kam, ob die Verdammten drängelten, um auf einem der ersten Boote Platz zu finden, sicher ist nur, es dauerte bis sechs Uhr abends, bis der Letzte der siebenhundertfünfzig Elenden, Männer, Frauen, Kinder, das Schiff verlassen hatte.

Und es sei, so berichteten sie, keine Stunde vergangen, und noch bevor das letzte Zelt aufgespannt gewesen sei, dass Wind aufkam und ein Regen einsetzte, der mit jeder Minute schwerer und dichter fiel, bis ein Vorhang aus Wasser über den Menschen am Ende der Welt niederging. Danach brach ein Sturm über das Lager herein, wie keiner je einen erlebt hatte. Die vertäuten Schiffe in der Bucht wurden bis vierzig Grad über die Vertikale auf die Seite gedrückt, die Matrosen, die den ganzen Tag Grog getrunken hatten, gelähmt und unfähig, klammerten sich hilflos an der Reling fest, während draußen die Brandung toste und in einen Baum, der in der Mitte des Lagers stand, der Blitz einschlug und sechs Lämmer tötete. Es schien, als wolle der Kontinent sie abwerfen, wie ein Bulle, den man zu reiten versucht. Die Männer fluchten, die Frauen schrien, die Kinder wimmerten, nichts besänftigte den Himmel, kein Gebet und keine Verwünschung. Die ganze Nacht wütete der Orkan, und erst als der Morgen graute, ließen die Böen langsam nach, doch der Regen fiel ohne Unterlass, schwer und öde, als wollten sich Himmel und Erde vereinigen, wie einer in sein Tagebuch schrieb, als wollte man sie, wie Ungeziefer, zurück in den Ozean spülen, hinaus ins Wasser, woher sie gekommen waren.

Tags darauf ließ der Gouverneur das Lager antreten. Die Soldaten trommelten und pfiffen die Verdammten zu einem nassen, dreckigen Haufen zusammen, umkreisten sie und befahlen ihnen Stille. Dieser Mann, Arthur Phillip mit Namen, ein dürrer Veteran des Siebenjährigen Krieges, gerade fünfzig geworden, mit einem Rückenleiden, gescheitert als Landwirt, hatte bereits als Kommandeur in portugiesischen Diensten Sträflinge an die brasilianische Küste transportiert und war also erfahren in der Deportation von Menschen. Bei seinen Vorgesetzten galt er als gehorsam, mutig und aufopfernd, ein halber Deutscher, Sohn eines Frankfurters, der als Sprachlehrer nach England gekommen war. Er ließ die angetretenen Elenden wissen, dass er sie bis ins Innerste für verdorben hielt, zur Besserung unfähig, es sei ihm klar, wen er vor sich habe, Diebe, Räuber und Huren, aber falls jemand dasselbe Gebaren wie in der Heimat an den Tag legen sollte, so müsse er wissen, dass er einen Hühnerdieb nicht ins Gefängnis, sondern zum Galgen führen werde. Diebstahl sei hier ein kapitales Verbrechen gegen die Existenz eines jeden von ihnen und werde unnachsichtig bestraft, er werde nie ermüden, bis in dieser Bucht Zucht und Ordnung herrsche, es sei ihr gemeinsames Schicksal, diese Kolonie aufzubauen. Danach ließ er die Tamboure einige Wirbel rühren, und die Soldaten feuerten Salven über die Köpfe der Sträflinge. Der Gouverneur lud die Offiziere zu einem kalten Mahl ein, ein Schaf aber, das die Nacht zuvor vom Blitz erschlagen worden war und das man gekocht und aufgetischt hatte, war bereits von Maden zersetzt; es schien, als würde in diesem Land nichts länger halten als vierundzwanzig Stunden.

In den folgenden Wochen erkundeten die Soldaten die Gegend, streiften durch die lichten Küstenwälder, suchten Frischwasser und Bauholz, sie schauten mit englischen Augen und erkannten englische Blumen, verglichen das Unbekannte mit dem Vertrauten. Eine weiße Blume im Unterholz wurde ihnen zum Buschwindröschen. Ein buntgefiederter Vogel zum Distelfink. Die Schönheit des Landes betörte sie, diese Bucht am Ende der Welt, so redeten sie sich ein, sehe auch nicht anders aus als die Bucht in ihrer Kindheit, wo der Großvater die Herde hatte weiden lassen. Aber die Bedrohung dieser Wildnis ließ sich nicht verleugnen, und auch nach über zweihundert Jahren kann man die Angst in den Zeilen im Journal jenes Offiziers spüren, der eines Tages den Anschluss an seinen Trupp verlor und sich in einem Dickicht von baumhohem Farn wiederfand, ohne

Ahnung, in welche Richtung er sich bewegen sollte, und nur durch reines Glück nach Stunden eine Stelle erreichte, von der aus er die Schiffe und das Lager erblickte, gerettet, wenigstens einstweilen.

Und es hatte zu Hause auch jene Gestalten nicht gegeben, die schon am ersten Tag am Strand erschienen waren, in langen Booten in die Bucht vorstießen, wo die Flotte lag, scheu, ängstlich, stumm, bevor sie auf ein unbekanntes Zeichen hin zu schreien begannen, ihre mit Muscheln bewehrten Speere zuerst gegen den Himmel, dann gegen die Engländer richteten. Wie groß die Angst der Soldaten war, davon steht nichts in ihren Berichten, aber verdächtig oft erwähnen sie ihre Gewehre, ihre einzige Versicherung, und niemand weiß, ob der Gouverneur tatsächlich so mutig war und alleine und unbewaffnet auf die Eingeborenen zuging, wie er in seinem Tagebuch behauptet. Er soll Glasperlen in der Hand gehalten haben, und einer, vollständig nackt, bedeutete ihm, dass er das Geschenk auf den Boden legen sollte, was Phillip tat. Der Eingeborene holte sich den Tand, dabei zitterte er, wie Phillip behauptete, am ganzen Körper, und er habe noch einen Spiegel entgegengenommen, bevor er sich mit seiner Gruppe zurückgezogen habe.

Die Eingeborenen, die sich selbst Eora nannten, begegneten ihnen freundlich, zeigten den Engländern, wo die Brandung nicht zu stark war und sie mit den Booten sicher anlegen konnten, führten sie zu sauberen Quellen, die Soldaten benahmen sich wie Gäste und brachten weitere Geschenke. Vor allem auf die Kleidung hatten die Wilden es abgesehen, besonders auf die Hüte, denn jedes Mal, wenn die Engländer die Kopfbedeckung abnahmen, gab es ein Geschrei, als hätten sie mit dem Dreispitz auch ein Geheimnis gelüftet. Auch die Engländer lachten oft. Ein Eingeborener, dem heißes Wasser unbekannt war, tauchte seine Hand in einen Topf, in dem eine Fischsuppe kochte, nach einem Moment des Erstaunens schrie er unter dem Gelächter der Soldaten auf, hüpfte herum, versuchte seine Hand mit dem Atem zu kühlen.

Die Engländer kämmten den Eingeborenen die Haare und machten sich einen Spaß daraus, sie mit bunten Wimpeln zu schmücken, Bänder um ihre Stirn zu binden und ihnen Metallfolie um den Hals zu hängen. Sie brachten ihnen ein paar Brocken Englisch bei, und eines Tages präsentierten sie ihnen einen schwarzen Schiffsjungen, ein Halbwüchsiger von vierzehn Jahren, den die Eingeborenen mit Wohlgefallen studierten. Sie betasteten seine Haut und die krausen Haare, baten um eine Locke, die ein Soldat aus dem Schopf des Schiffsjungen schnitt und den Eingeborenen reichte. Einer wickelte die Strähne um seinen Speer, als wär's eine Trophäe, aber das wahre Mysterium blieb einstweilen unentdeckt. Sie hielten die Weißen für Frauen, der rasierten, blanken Wangen wegen, sie tuschelten und sinnierten, bis sich eines Tages der Gouverneur erbarmte und einem Soldaten den Befehl gab, sich vor den Eingeborenen zu entblößen. Diese quittierten mit Geschrei, tanzten wild und stimmten Lieder an. Ihre eigenen Frauen aber hielten sie von den Engländern fern.

Man bemühte sich um Frieden, der Gouverneur hatte Anordnung gegeben, sie freundlich zu behandeln und jedem Streit aus dem Weg zu gehen, was den Soldaten nicht leichtfiel. Manche begegneten ihnen feindselig und schleuderten Speere nach ihnen, mit einer solchen Kraft, dass man sie zu zweit aus dem Boden ziehen musste. Wenn sie zu aufsässig wurden, luden die Engländer ihre Büchsen mit Pulver und knallten ihnen ein paar blinde Kartätschen um die Ohren, worauf sie sich verzogen, aber sie blieben eine Bedrohung, und trotz der Musketen lebten die Engländer in ständiger Furcht vor einem Überfall. Sie konnten nicht herausfinden, wie viele es von ihnen da draußen gab, konnten sie, weil die buschigen Bärte ihre Gesichter verdeckten, nicht auseinanderhalten, wussten nie, ob jene Gruppe, die mittags in langen Booten schweigend durch die Bucht ruderte, dieselbe war, die morgens am Strand nach Austern getaucht war. Sie bemühten sich um gute Nachbarschaft, aber sie waren abgestoßen von diesen Wilden, die ihren Fisch roh aßen, sich nicht rasierten und die Gesichter mit Lehm bestrichen. Ihre Wangen, die Arme und die Rücken waren von Narben entstellt, die Nasen von Stäben durchbohrt. Die Engländer wunderten sich, was mit den Eckzähnen geschehen war, die in jedem Mund fehlten, Münder, aus denen eine laute und stoßweise Sprache klang. Die Behausungen erbärmlich, zwei, drei Borkenstücke, die sie über eine paar Äste legten, kein Schutz gegen irgendetwas, ihre ganze Existenz beschämte sie, die Nacktheit, der Geruch nach Fisch und Tang, ihre lächerlichen Tänze, aber sie bewunderten ihren schlanken Wuchs, die dunklen, lockigen Haare, und ihre Herzen schienen aufrichtig und unschuldig zu sein. Diese Menschen, so schwer es vorzustellen war, waren hier in dieser fremden Bucht am Ende der Welt zu Hause, das war ihre Heimat, sie kannten jede Pflanze und waren mit jedem Baum und jedem Stein vertraut. Das Land gab ihnen genug zum Leben, und die Engländer fragten sich, wie sie das anstellten. Ohne ihren Proviant, ihr Mehl, den Reis und das Pökelfleisch, das sie über die halbe Welt verfrachtet hatten, wären sie über kurz oder lang verhungert. So wie es Philip Scriven beinahe geschah, einem Seemann auf der ›Lady Penrhyn‹, der sich eines Tages zu weit von seinen Leuten entfernte und von der Wildnis verschluckt wurde. Zuletzt hatte man ihn bei den Frauenzelten gesehen. Zwei Matrosen machten sich auf die Suche, ausgerüstet mit einem Vorderlader und einem Kompass, ohne Ergebnis. Erst zehn Tage später stieß Allen, der Wildhüter des Gouverneurs, acht Meilen südlich des Lagers auf einen halbverhungerten, nackten und zerschlagenen Mann, in dem er nur mit Mühe den verlorenen Matrosen erkannte. Er war auf eine Gruppe Eingeborener gestoßen, die ihn geschlagen und mit Steinen beworfen hatten. Die Schiffe in Sicht, hatten sich die Wilden ihm in den Weg gestellt und hätten ihn ohne Zweifel umgebracht, hätte er sich nicht in einen Sumpf geflüchtet, versunken bis zum Hals, versteckt im Schilf. In der ganzen Zeit hatte er sich von einem Dutzend Strandschnecken ernährt, mehr hatte er nicht gefunden – das Land, so kamen sie zur Überzeugung, würde sie niemals ernähren können, obwohl der Gouverneur das Gegenteil behauptete und die Offiziere seinen Enthusiasmus über den wilden Spinat, den sie als Gemüse essen sollten, teilen mussten. Abends aber, in ihren Schlägen, vertrauten sie den Tagebüchern ihre Verzweiflung an, beschrieben das Land als letzte Station vor der Hölle, und es schien aussichtslos, mit diesen verdorbenen und faulen Sträflingen eine Kolonie aufzubauen, die sich eines Tages selbst erhalten sollte. Man hätte sie sehen mögen, wie sie abends im Schein ihrer Karbidlampen die Seiten vollkritzelten, ihre vollen Herzen leerten, sich von des Tages Eindrücken entlasteten, die sich in ihre Hirne prägten wie ein Siegel ins heiße Wachs. Hastig skizzierten sie die Gestalt ihrer neuen Heimat, die Topografie der Küste, hielten die Pflanzen und die Tiere, die Emus und die Kängurus und ihr eigenes Befremden über diese Kreaturen fest. Aber keiner von ihnen, deren Sinne in der Fremde geschärft waren, keiner sollte das Tier zu Gesicht bekommen, nichts von seiner Existenz erfahren noch seinen Namen hören. Kein Gerücht drang zu ihnen, kein Ruf, kein Geruch und keine Spur. Nicht einer der Offiziere, weder der Gouverneur noch der Stabsarzt, keiner der einfachen Soldaten, kein Seemann, nicht der Koch und nicht der Priester, nicht einer zeichnete seine Umrisse in eine Kladde, niemand malte eine Tafel, niemand mischte das Grau oder bildete die Dichte des Felles nach, niemand versuchte sich an den silberweißen Pinseln am äußersten Ende der Ohren. Und doch waren sie dabei, seine Geschichte zu bestimmen, denn ohne dass sie es ahnen konnten, hatten sie das Schicksal des Tieres in dieses Land gebracht.

Vielleicht hat einer der Verdammten, der Elenden, der Verlorenen, eine der Geschlagenen, Vergewaltigten, der Gefesselten das Tier gesehen, vielleicht traf sich der Blick des Tieres mit einem der Geschundenen. Vielleicht sah einer jener, die am Ende der Welt zur ewigen Schinderei verdammt waren, jenes Wesen der Faulheit in der Ruhe der Sonne auf einem Ast sitzen. Vielleicht gab es eine Begegnung zwischen den Vertretern der Pflicht und denen des Müßigganges, zwischen dem Gleichmut und der Leidenschaft. Vielleicht trafen sich die Blicke aus den eitrigen, wässrigen, geröteten mit jenen der stillen, schwarzen Augen. Niemand kann es sagen. Sie schrieben es nicht auf. Sie hatten weder Papier noch Zeit. Man hatte sie hierher gebracht, um eine neue Welt zu bauen, und wenn der Mensch eine neue Welt errichten will, dann lässt er zuerst die Erde umgraben.

Man brauchte Gruben, um Baumstämme zu zersägen, Gruben für die Exkremente, Gruben, um die Toten zu verscharren, die beinahe jeden Tag anfallen sollten. Wenige Wochen nach ihrer Ankunft war die Gegend mit Löchern, Mulden und Kanälen durchzogen.

Sie schlugen Schneisen in den Dschungel, bauten Straßen, errichteten dem Gouverneur ein Haus, danach den Soldaten Baracken, alles in Miniaturformat, eine Kinderwelt. Abends in der Dämmerung, wenn Rauch aus den Kaminen in den blauen Dunst über der Bucht stieg und aus den Fenstern die Feuer leuchteten, dann schien dieser Vorposten am Ende der Welt fast ein Abbild der Heimat zu sein, malerisch wie eine Landschaft in Kent oder Cornwall. Und man hätte glauben mögen, bei dieser Siedlung handle es sich um ein Zuhause, einen Ort der Zufriedenheit und des Gottvertrauens, der satten Kinder und der zärtlichen Lieder. Aber die Verdammten lebten im Dreck, sie fraßen Ungeziefer, und das Ungeziefer fraß sie, der Fraß war verrottet, wenn er nicht versalzen war, sie besoffen sich, sooft sie Gelegenheit dazu hatten, und wenn auch mit jedem Tag, mit jeder Woche die neue Welt deutlicher Gestalt annahm, so blieben die Menschen doch dieselben, dieselben Ängste, dieselben Leidenschaften führten sie am Zügel. Sie konnten nicht von ihren Trieben lassen, sie wollten geliebt werden, und wohin das Begehren fiel, konnte keiner wissen, aber wer einmal angesteckt war, nahm jede Gefahr auf sich. John Fisher, ein Seemann von zwanzig Jahren, sprang in einer kalten Winternacht über Bord, um bei seiner Liebsten zu sein, einer Verdammten, deren Name unbekannt geblieben ist. Schon auf der Überfahrt waren die beiden sich nähergekommen; John Fisher hatte der Frau ein Kind gemacht. Eines Nachts sprang er über die Reling, schlich sich zu den Zelten des Frauenlagers, holte sein Liebste und ging mit ihr in die Wildnis. Sie legten sich in den Tau, sprachen, liebten sich die ganze Nacht, bis draußen auf dem Meer der Morgen graute. Dann nahmen sie Abschied – aber am nächsten Tag erkrankte John, konnte seinen Dienst nicht antreten, zwei Tage später war er tot. In jener Zeit, an jenem Ort zu sterben bedurfte keiner Sünde und keines Talents, gleichwohl glaubten seine Offiziere, er habe sich in der Liebesnacht den Tod geholt, es sei dies die gerechte Strafe für seine Lüsternheit.

Sein Schicksal teilte er mit James Bulmore, der sich einen Faustkampf geliefert hatte, gegen fünf Uhr morgens, in einer Lichtung etwas abseits des Lagers. Sein Gegner war James Baker, als Sekundanten Haynes und Asky, und sie wollten an diesem Morgen ein für alle Mal klären, wer bei Abwesenheit ihres Mannes die Nächte mit der gewissen Mary Phillips verbringen durfte. Sie reichten sich die Hand, kämpften eine Runde, zwei, nach der zwölften gaben sie sich wieder die Hand, und wie das sportliche Ergebnis ausfiel, ist nicht überliefert, sicher ist, dass Bulmore am nächsten Morgen das Lazarett aufsuchte, wo er in einen Zustand der Unruhe, der Verwirrung und der Angst fiel. Zwei Tage später fand John White, der Arzt der neuen Kolonie, die Augen Bulmores aufgerissen und seine Pupillen erweitert, doch auf die Frage, ob ihn jemand verprügelt habe, schüttelte der Mann nur den geschwollenen Kopf und meinte, eine Erkältung müsse der Grund für seine Leiden sein. Am nächsten Morgen fand der Arzt seinen Patienten auf seinem Lager, schon steif und starr.

Die ersten Kinder wurden geboren und getauft, der Gouverneur verheiratete jeden, der darum bat. Für Ralph Clark, den Sergeanten, glich das Lager trotzdem einem Hurenhaus. Sobald sich ein Mann von einer Frau erhoben habe, so schrieb er in sein Tagebuch, lege sich auch schon der nächste zu ihr. Er selbst küsste weiterhin seine Alicia, aber das Protokoll seiner kalten Schmusereien schien von Woche zu Woche mehr der Pflicht als der Leidenschaft zu gehorchen. Stärker als das Heimweh plagte ihn nun ein fauler Zahn, und seine Besinnung verlor er nicht mehr wegen seines blutenden Herzens, sondern weil ihm der Arzt mit dem Zahn auch ein Stück des Kieferknochens aus der Kinnlade brach. Das Zahnfleisch blutete tagelang, es dauerte eine Woche, bis der Sergeant seinen Dienst ohne Schmerzen versehen konnte.

Dieser Dienst verlangte an einem Tag im Februar, Thomas Barrett zu einem Baum zwischen dem Frauen- und dem Männerlager zu bringen. Ihn hatte man sechs Jahre früher wegen Diebstahls einer silbernen Uhr und von ein paar Leinenhemden zum Tode verurteilt, erst die Gnade des Königs wandelte die Strafe in lebenslange Verbannung um. In seiner neuen Heimat hatte sich dieser Mensch von Silber und Leinen auf Bohnen, Erbsen und Schweinefleisch verlegt, und es fiel ihm die Ehre zu, der erste Mann zu sein, den man in der Kolonie an den Galgen brachte. Es waren nicht die gestohlenen Lebensmittel, die ihm zu diesem Privileg verhalfen; in den Tagen zuvor war im Korps Unmut laut geworden, weil einige Soldaten wegen geringer Vergehen gegen die Disziplin Peitschenhiebe erhalten hatten, Verdammte aber fasste man entgegen Phillips Ankündigung sanfter an. Um die Ruhe und die Ordnung unter den Offizieren zu bewahren, musste einer an den Galgen, und es war Barrett, der sein Leben der Eintracht schenken durfte.

Er schien seine Überheblichkeit bis zuletzt nicht abzulegen, gleichgültig betrachtete er die Vorbereitungen zu seiner Hinrichtung. Erst als er auf der Leiter stand, brach er zusammen, wurde blass und gestand, ein lasterhaftes Leben geführt zu haben. Er bat, einen Freund zu sprechen, was ihm gestattet wurde, er bat, eine Frau zu sprechen, was man ihm verwehrte. Danach ergab sich Barrett seinem Schicksal, ein Aufatmen ging durch die Reihen, aber die Rührung währte nur kurz und machte bald Entsetzen Platz.

Man hatte bei dieser Unternehmung an alles gedacht, außer an einen ordentlichen Henker, und so hatte man einen gewissen Brewer bestimmt, dieses Amt zu übernehmen, ein Sträfling wie der Verurteilte und, wie sich nun zeigen sollte, ein blutiger Anfänger in diesem Beruf. Zur Schande des versammelten Regiments und zum Schrecken der ebenfalls angetretenen Verdammten gelang diesem Brewer vor Aufregung kein rechter Knoten, auch als der Reverend ihm gut zuredete, brachte er keine Schlinge zustande, selbst dann nicht, als man ihm mit Erschießen drohte. So musste der Captain persönlich auf die Leiter steigen und Thomas Barrett in die Ewigkeit stoßen. Die Leiche ließ man eine

Stunde hängen, dann vergrub man sie im Schatten des Galgens.

Das Problem des hasenherzigen Henkers löste man schon ein paar Tage später. James Freeman, den sie wegen dreieinhalb Kilo Mehl zum Galgen führten, wurde unter der Bedingung begnadigt, von nun an der Henker zu sein, anstatt gehängt zu werden, selber zu hängen. Er akzeptierte.

Trotzdem verbesserte sich die Disziplin im Lager nicht, fast täglich waren nun Auspeitschungen nötig. James Bryan Cullen hatte Sergeant Smith beleidigt, dafür erhielt er fünfundzwanzig Schläge mit der neunschwänzigen Katze. John Easty, ein Soldat, brachte eine Verdammte ins Lager. Dafür erhielt er einhundertundfünfzig Schläge.

Ein Soldat wollte mit einer Elizabeth Needham in die Wälder, sie weigerte sich, er war erstaunt und beleidigt, weil sie als Flittchen galt, die es mit jedem machte. Sie aber beschwerte sich bei seinem Offizier. Der Soldat erhielt zweihundert Schläge.

Deborah Herbert klagte ihren Mann an, sie ohne Grund zu schlagen. Dafür erhielt sie fünfundzwanzig Schläge und den Befehl, zu ihrem Gatten zurückzukehren.

James Coventry und John Atwell, die einen John MacNeal verprügelt hatten, sollten fünfhundert Schläge bekommen – dem einen aber konnte man nur vierhundert, dem anderen bloß hundert verpassen, bevor der Arzt die Züchtigung unterbrach, bis die Wunden so weit verheilt waren, dass die Rücken bereit waren, den Rest ihrer Strafe zu bekommen.

Es brauchte den Galgen nicht, die Engländer starben ganz ohne Zutun, sie starben wie die Fliegen. Sie starben an den kleinsten Wunden, durch einen Kratzer eines schlecht in einer Bohle versenkten Nagels, und wer nicht an einer Schürfung oder einem faulen Zahn krepierte, konnte durch ein Späßchen zu Tode kommen. Wie jener Schiffskoch, den zwei Matrosen eines Morgens aus einer Laune über Bord warfen. Der Mann, ein Afrikaner, den man in Virginia aufgegabelt hatte, sank wie ein Stein, Matrosen müssen nicht schwimmen können.

John Berry begruben sie am dritten März. Am Tag darauf folgten ihm Daniel Smart und John Smith. Letzterer hatte einem gewissen John Haselden ein Paar Schuhe geraubt. William Brewer, Schafdieb aus Devon, am fünften. Henry Vincent, der für zweihundert Pfund und ein altes Holzfass sieben Jahre erhalten hatte, am siebten März; John Woolcoot am achten. Ein seidenes Taschentuch und ein paar leere Flaschen hatten ihn drei Jahre zuvor beinahe an den Galgen gebracht. Man hatte ihn begnadigt, Verbannung auf Lebenszeit. Er entkam der Strafe nach acht Wochen. Sonntag, Montag und Dienstag blieben die Gräber leer, am Dienstag feierte man die Heimkehr Sarah Perrys, einer Hutmacherin aus Middlesex. Sie war in einem Haus mit einem gewissen Ruf den ehrbaren Owen Clutten angegangen und hatte ihm die Silberuhr und den Klunker abgenommen. Schuldig, Tod. Da war sie achtundzwanzig. Am fünfzehnten verabschiedeten sie Cornelius Connely, einen Straßenräuber. Drei Tage später Thomas Turner, Uhrendieb, daneben legten sie den Knaben John Prior. Auf das tote Kind folgte eine gute Woche.

Am Sonntag, dem dreiundzwanzigsten März, fingen sie einen Hai, über drei Meter lang, die Leber gab 26 Gallonen Öl. An jenem Tag starb Susannah Blanchett. Sie begrub man in der fremden Erde, weil sie zu Hause einen ordentlichen Packen Stoffzeug aus der Wohnung eines Philip O'Kelly getragen hatte: zwei baumwollene Kleider, einen gefütterten Rock, vier Mützen, davon eine mit Spitzen besetzt, vier Schürzen, acht Taschentücher, ein Leinenhemd, einen Mantel, einen Seidenhut, ein paar Damen-Lederschuhe, zwei Paar Handschuhe aus Leinen. Von Beruf war sie Bedienstete.

Zwischen dem sechsundzwanzigsten und dem letzten März empfing die Erde noch das Kindergebein James Binghams, den man am Tag zuvor im Namen Christi getauft hatte, Sohn von Mary Bingham und John Bingham, einem Möbelschreiner aus Warwickshire, der damals gegen ein Uhr morgens in ein verschlossenes Haus gestiegen und einen Stapel Wolldecken geklaut hatte. Seine Verbannung sollte sieben Jahre währen, und nach den ersten zehn Wochen, an einem Morgen mit einer frischen Brise aus Süden und Westen, begrub er seinen Sohn in einem Winkel am Ende der Welt, jenseits des Wendekreises des Steinbocks und jenseits der Baracken und der zerschlissenen Zelte, sein Kind war der letzte Tote des ersten März.

In all dem Elend war die Moral gefährdet, und so war der Geburtstag des Königs der erste, den man in der neuen Kolonie feiern durfte, eine willkommene Gelegenheit, den Geist und den Leib der Soldaten zu stärken.

Der Gouverneur lud seine Offiziere in die Residenz, tischte jedes Fleisch auf, das man auftreiben konnte, Schwein, Ziege, Geflügel, Känguru, mit Madeira und Port tranken sie auf die Gesundheit ihres Königs, und wenn Phillip den Tisch verließ, um sich einen Moment hinzulegen und seinen kaputten Rücken zu entlasten, dann erhoben die Offiziere ihre Gläser heimlich auch zum Wohl des Gouverneurs.

Nach dem Essen spazierten sie hinunter in die Bucht, wo die Verdammten einen Scheiterhaufen errichtet hatten. Die Flotte in der Bucht feuerte Salven ab, und vielleicht waren es der Lärm und das Feuer, was die Kühe in jener Winternacht verängstigte, sicher war nur, dass sie am nächsten Morgen verschwunden waren und mit ihnen einer der Verdammten, ein Sträfling namens Edward Corbett, den man verdächtigte, die Tiere freigelassen zu haben. Aber man konnte ihn vorerst nicht befragen, Corbett sollte achtzehn Tage in den Wäldern bleiben. Er hörte die Vögel und die Schreie wilder Tiere in den Bäumen, er sah, wie der Schnee in großen Flocken in die Bäume fiel, wie zu Hause, am anderen Ende der Welt, in England, und er sah noch einmal die Richter Ashurst und Knapp im ›Old Bailey‹, die ihn wegen eines Leinensacks und zweier gestohlener Fensterscheiben zuerst auf die ›Ceres‹ in Woolwich schickten und danach zu sieben Jahren Verbannung verurteilten. Es war nicht der Hunger, der ihn zurücktrieb, und es war auch nicht der Kopf des Sträflings, den die Wilden einige Tage vor seiner Flucht entführt hatten und den Corbett aufgespießt neben einem erkalteten Feuer fand, es war das Beben, das an jenem Wintermorgen die Erde erschütterte und das er als Zeichen nahm, von seinem Weg abzukehren, zurückzukehren zu seinen Leuten und um Vergebung zu bitten.

Sie fanden ihn bis auf das Gerippe abgemagert bei den Gemüsegärten des Gouverneurs. Brachten ihn ins Gefängnis, befragten ihn über die verschwundenen Kühe, die sie zwei Wochen lang gesucht hatten, ohne die geringste Spur von ihnen zu entdecken, aber Corbett bestritt, etwas damit zu tun zu haben. Am Tag darauf trieben sie ihn zum Baum zwischen dem Männer- und dem Frauenlager und hängten ihn gemeinsam mit einem Burschen auf, David Cole, den man am Abend des Königgeburtstags an der Lade des Offiziers Wright überrascht und niedergeknüppelt hatte. Der Arzt verwendete seine ganze Kunst, um den Kerl wenigstens halbwegs wieder auf die Beine zu bringen, damit man ihn ordentlich aufknüpfen konnte.

Es war eine schnelle, saubere Exekution, ohne großen Aufmarsch, ohne die ganze Kolonie antreten zu lassen, man fürchtete eine weitere Blamage. Zur Abschreckung reichte es, wenn man die Leichen eine Weile an den Stricken hängen und unter den baumelnden Leichen ein paar Sträflinge auspeitschen ließ.

Die Beziehungen zu den Eora entwickelten sich alles in allem erfreulich. Sie fürchteten die Gewehre und die Säbel, und dass die Engländer nicht willkommen waren, bekamen nur die Verdammten zu spüren. William Okey und Samuel Davies gehörten dazu. Die beiden sollten Unterholz roden, aber dann verschwanden sie, und das Einzige, was man von ihnen finden konnte, waren Blutspuren in ihrem Zelt. Man fand sie schließlich in einem Mangrovensumpf. Die drei Speere, mit denen man Okey auf den Boden gepfählt hatte, waren nur mit viel Kraft zu lösen. Sein Schädel war gespalten, das Hirn ausgelaufen, die Augen fehlten, von Menschen herausgerissen oder von den Vögeln gefressen. Davies hatte man weniger Sorgfalt geschenkt und ihn nach zwei, drei Hieben verbluten lassen. Die Eingeborenen hatten weder Kleidung noch Zelt angerührt, nur das Werkzeug, das Beil und die Hauen, hatten sie mitgenommen, nur das, was ihnen bei der Arbeit dienlich sein würde.

Dem Gouverneur gefiel dieses Verhalten nicht, er fand, die Leute hätten sich schlecht benommen, aber gleichzeitig wusste er, dass von ihnen nichts anderes zu erwarten war. Es nützte nichts, ihnen einzubläuen, dass sie die Eingeborenen in Ruhe lassen sollten, sie fanden immer einen Vorwand, um einen Streit vom Zaun zu brechen. Für die Kolonie war entscheidend, dass die Beziehungen zu den Eingeborenen leidlich blieben, und Voraussetzung dafür war Verständigung. So kam der Gouverneur auf die Idee, einen Dolmetscher auszubilden. Und weil er nicht glaubte, einer der Eora könnte sich freiwillig für diese Aufgabe melden, schickte er einen Trupp los.

Der Mann, den sie ein paar Stunden später gefesselt ins Lager brachten, hieß Arabanoo, und nach einigen Tagen des Geschreis und des Widerstands aß er brav den gekochten Fisch und schickte sich in seine Situation. Man rasierte und wusch ihn, steckte ihn in Hosen und Hemd, und schon bald machte er einen so ordentlichen Eindruck, dass der Gouverneur ihn an seinem Tisch die Mahlzeiten einnehmen ließ. Man musste ihn hindern, nach dem Essen das Geschirr aus dem Fenster zu werfen, Englisch allerdings lernte er nur schwer, aber er schien sich an das Leben mit den Engländern zu gewöhnen. Nur die Auspeitschungen, die man ihn besuchen ließ, erfüllten ihn mit Abscheu und Schrecken, und es muss nach einer solchen Demonstration gewesen sein, dass er sich losmachte und ins Wasser sprang, aber die schweren Kleider hinderten ihn am Schwimmen, bald schon hatten sie ihn eingeholt und in Fesseln gelegt.

War es der April, der die Eora tötete? War es das Essen, das Wetter, war es ein Gift, das den Sümpfen entstieg, hatte einer ihrer Götter sie verflucht für einen Frevel, hatten sie gegessen, was sie nicht hätten essen, getrunken, was sie nicht hätten trinken, geliebt, was sie nicht hätten lieben dürfen? War es die Sonne, die aus dem Boden die Dämpfe steigen ließ, den Odem des Grauens, der sie dahinraffte, der ihre Reihen dezimierte, dass selbst den Offizieren Tränen in die Augen stiegen und ihnen klamm und unheimlich wurde, wenn sie hinauf in die Blue Mountains schauten, wo abends ein metallischer Schimmer über den Hängen hing, morgens, wenn sie sich in der Ruhe des Waldes ergingen, der dalag wie das Hauptschiff einer monumentalen Kirche. Sie fragten sich, ob im Gemurmel, im Geflüster, im Summen des Landes ein Fluch lag, eine Verdammung, die schon immer auf diesem Land gelegen hatte und die in den letzten fünfzehn Monaten eine

Pause eingelegt hatte, und nicht wenige unter ihnen fragten sich, ob der Fluch auch sie treffen werde, wann er zuschlagen würde, auf welche Weise ihre junge Kolonie vernichtet würde, und manch einer musste vor seinem Gewissen abends im Bett eingestehen, dass sie es verdient hätten, keiner hätte sich beklagen können.

Mitte April hörte man im Lager, dass ein paar der Eora krank am Strand lägen. Der Gouverneur, Arabanoo und ein Arzt eilten hin. Am Strand ein Sterbender zwischen zwei brennenden Reisighaufen, bei seinem Kopf kniete ein Junge von vielleicht neun Jahren, sein Körper mit eitrigen Pusteln bedeckt. Apathisch goss er Wasser über die Stirn des Mannes. Zwei, drei Schritte entfernt von den beiden ein Mädchen, noch nicht lange tot. Daneben wohl die Mutter, ein Gerippe nicht erst im Tod.

Arabanoo begrub das Mädchen, die Frau schien er zu übersehen, die Männer ließen sie liegen. Dann brachten sie den Mann und den Jungen in das Boot.

Im Lager gab man den beiden eine leerstehende Hütte nicht weit vom Lazarett.

Man bereitete ein warmes Bad, zog den Kranken frische Hemden an und legte sie zurück ins Bett.

Der Mann deutete auf seinen Hals, man gab ihm eine Lösung, damit er gurgeln konnte, aber es funktionierte nicht. Bado, bado, verlangte er, und man brachte ihm Wasser, das er gierig und in großen Schlucken trank.

Als man ihm Fisch brachte, drehte der Mann den Kopf weg mit einem Ausdruck des Ekels.

Dann begann sein Sterben, und er starb, wie alle sterben sollten, der ganze Stamm der Eora, neun von zehn erlebten das Ende des Jahres nicht.

Zuerst wurden die Glieder müde und der Appetit schwand. Der Kopf schmerzte, das Erbrochene war grasgrün, gallig. Ebenso der Kot. Eine entsetzliche Unruhe trat ein, die Kranken wurden apathisch und irr, manche sprachen leise vor sich hin.

Dann zeigten sich unregelmäßige Pusteln, wie Hirsekörner bedeckten sie den ganzen Körper, bläulich, fast bleistiftfarben. Sie erhoben sich nur wenig, fielen wieder ein, bekamen Dellen und füllten sich manchmal mit wässrigem oder blutigem Schleim. Aasblattern erschienen, Brandblasen, die aufplatzten und den Kranken mit blutiger Jauche beschmutzten. Aus Mund und Nase floss Blut, der Harn war rot, die Zunge glich einem Kohlestück. Der Kranke verfaulte bei lebendigem Leibe. Dabei knirschte er ohne Unterlass mit den Zähnen und zerbiss die Gläser, in denen man ihm das Wasser reichte. Der Gestank war erbärmlich und blieb in den Zimmern sitzen. Man ertrug ihn nicht, selbst Ärzte übergaben sich. Die Finger und Zähne der Kranken wurden brandig wie Kohlstümpfe, als hätte man sie in der Glut verkohlt.

Der Alte erlitt seine Krankheit mit großer Gelassenheit und war bis zu seinem Ende bei Sinnen. Man stützte ihn, damit er sein Kind noch einmal sehen konnte. Er streichelte es zärtlich, und mit sterbenden Augen übergab er das Kind der Fürsorge der Engländer. Er machte seinen letzten Atemzug ohne Stöhnen.

Man fand die Toten jetzt häufiger, sie lagen am Strand, in den Höhlen und Gruben, man fand ihre Leichen, übersät von Pusteln, Geschwüren.

Die Leichen lagen überall, sie verkrochen sich in jedes Loch, und bald gab es kein freies, wo sie ungestört sterben konnten. So legten sie sich zu den Toten, um zu sterben.

Die Engländer öffneten einige Leichen. Alle waren an derselben Ursache gestorben. Pusteln auf dem ganzen Körper. Keiner verstand, weshalb eine Krankheit, von der sie bisher verschont geblieben waren, sich so schnell verbreiten konnte.

Als ein Trupp Broken Bay besuchte, bemerkten sie, dass sich die Wirkung nicht auf Port Jackson beschränkte. Der Weg war von Leichen und Skeletten gepflastert.

Keiner wusste, wie viele der Eingeborenen starben. Manche meinten, die Hälfte. Und weil jene, die noch gesund waren, ins Landesinnere flüchteten, brachten sie auch die Krankheit mit und verbreiteten sie.

Die Eingeborenen hatten dafür einen Namen: Gal-Gal-la.

Im Mai verloren sie Arabanoo. Er starb am Achtzehnten des Monats, nach sechs Tagen Qual.

Bei den ersten Anzeichen hoffte man noch, es möge eine andere Krankheit sein. Aber danach brach die Krankheit mit aller Kraft aus.

Vor seinem Tod brachten sie Arabanoo hinunter zum Strand. Er schaute ängstlich um sich.

Er hob seine Hände und Augen gegen den Himmel und verharrte in stiller Agonie.

»Alle tot! Alle tot!«, stieß er aus und ließ seinen Kopf hängen.

Die Blue Mountains wurden zur Hölle, zum Ort, wo ein böser Geist lebte.

Eine Hölle für die Menschen, ein Paradies für das Tier, das seine Freistätten verlassen konnte, nach hundertzwanzigtausend Jahren im Exil, seit die ersten Jäger die Küste erreicht hatten. Es gedieh, es vermehrte sich, niemand stellte ihm nach, die Epoche seiner größten Verbreitung begann, die kurzen Jahre, in denen ihm jeder Baum gehörte, jeder Wald, ein ganzer Kontinent.

Vierzehn Jahre blieb das Tier noch unentdeckt von den Weißen, vierzehn Jahre, in denen die Kolonie sich dank dem Fleiß, dem Ehrgeiz und der Grausamkeit langsam entwickelte. Ein neuer Gouverneur löste den Alten ab, frische Soldaten trafen ein, alles fügte sich in den allgemeinen Gang der menschlichen Geschichte. Selbst Ralph Clark, der Sergeant, genas von seiner Krankheit, der Sehnsucht nach seiner Geliebten. Er nahm sich eine andere Frau, die Verdammte Mary Branham, die einem John Kennedy einige Weißwaren gestohlen hatte, zwei gefütterte Kleider, um genau zu sein, dazu ein paar Krücken, einige Laufmeter Stoff, eine Weste, eine Mütze, ein Paar Strümpfe, ein Paar Nanking-Hosen und dazu einen Mantel. Sie hatte die üblichen sieben Jahre gekriegt, und sie war da noch keine vierzehn Jahre alt gewesen. Als sie eine Tochter zur Welt brachte, schlug Clark den Namen vor, und nur deshalb lässt sich vermuten, dass noch etwas in ihm an der alten Heimat, am vergangenen Leben hing, das Mädchen sollte nämlich Alicia heißen.

Vierzehn Jahre also, bevor ein Weißer zum ersten Mal seiner habhaft wurde und die Möglichkeit bekam, das Tier zu studieren und ein anderes Prinzip zu den Möglichkeiten der Existenz hinzuzufügen. Das war jenseits einer Siedlung mit Namen Parramatta, an einem heißen Tag im November, und der Mann, der die beiden Füße erstand und sie in Spiritus legte, hieß Francis Barrallier, ein Franzose, Überlebender der Kanonade von Toulon, danach als Marine-Ingenieur in englischen Diensten, Adjutant des Gouverneurs der neuen Kolonie, pflichtbewusst, von seinen Vorgesetzten für seine Zuverlässigkeit gelobt, ausgesandt, eine Passage zu den Blue Mountains zu finden.

Am sechsten November nachmittags hatten sie den Nepean überquert, bei einer Siedlung, die von den Eingeborenen Binhény genannt wurde. Sie spannten die Ochsen aus und trugen den Proviant, das Schanzwerkzeug und schließlich den Wagen selbst an das andere Ufer. Zehn Männer, sechs davon in Uniform, drei Verdammte, die man mitgenommen hatte, um die Drecksarbeit zu erledigen, dazu ein Eingeborener, Gogy, ein Mann aus den Bergen, der den Franzosen schon auf der ersten Expedition in diese Gegend begleitet hatte. Er sollte ihnen als Fährtenleser dienen, aber Gogy hatte darauf bestanden, seine Frau und seinen Sohn mitzunehmen. Der Kavalier hatte versucht, es ihm auszureden, ohne Erfolg, und weil er glaubte, nicht auf den Mann verzichten zu können, hatte er schließlich eingewilligt.

Er hieß die Männer vorsichtig voranzugehen, er hatte vom Treibsand am Grund des Flusses gehört. Wie die meisten Berichte über dieses Gebiet entpuppte sich auch das als leeres Gerede, sie erreichten sicher das andere Ufer, und doch hatte Barrallier das Gefühl, dass mit jedem Schritt der Grund unsicherer wurde, er tiefer in diesem Land versank und sich in seinen Geschichten verstrickte.

Über ihnen ein bewölkter Himmel, das Thermometer zeigte 26 Grad.

Gegen Abend erreichten sie einen Sumpf, wo sie fette, armlange Aale fanden. Barrallier fühlte sich matt und erschöpft, doch nachdem sie das Lager für die Nacht errichtet hatten, raffte er sich auf und erkundete das Ufer des Sumpfes. Er fand Muscheln, wie er sie noch nie gesehen hatte.

Am nächsten Tag schossen sie bei Carabeely ein Känguru. Zwei Verurteilte nahmen das Tier aus und brieten es über einem Feuer, das sie aus losem Reisig errichteten.

Die Hitze war jetzt unerträglich.

Barrallier ließ die Männer bis vier Uhr nachmittags rasten und machte sich alleine auf, die Gegend zu erkunden. Er kam nicht weit. In einem Busch saßen zwei Eingeborene, die ihn anstarrten. Einer von ihnen wollte fliehen, der andere redete auf den ersten ein, damit er sich beruhigte.

Der eine hieß Bungin, so erfuhr Barrallier, der andere, ein Einäugiger, Wogglemai. Gogy, Barralliers Fährtensucher, kannte ihn, er hatte ihn in Parramatta und in Prospect Hill gesehen, er stammte aus dem Süden und war auf der Flucht. Sein Bruder Goonboole, ein berühmter Anführer und Schrecken des Landes, hatte sich bei einem Sturz von einem Baum das Genick gebrochen, Bungin war nun ohne Schutz und fürchtete die Rache jener, die sein Bruder verfolgt und gequält hatte.

Barrallier überließ ihnen den Schädel des Kängurus, über den sie sich gleich hermachten. Er wusste, dass er sie besser zurückgelassen hätte, aber er wurde seinen Glauben an die Vernunft nicht los, dachte, die beiden könnten, weil niemand ein Land besser kennt als jener, der sich verstecken muss, noch von Nutzen sein.

Das Land zwischen Binhény und Carabeely öffnete sich gegen Süden hin, die Hügel erstreckten sich in dieselbe Richtung, der eine ging fast unmerklich in den andern über, und Barrallier stand lange da und konnte den Blick nicht lösen.

Der Boden war schlecht, lehmig, Schwemmland. Ein heißer Wind wehte von Norden.

Am nächsten Tag stießen sie auf einen Fluss, dessen Ufer beinahe überhängend war. Die Männer fanden eine Furt, sie spannten die Ochsen aus und trugen den Wagen wie tags zuvor auf die andere Seite.

Bis mittags zogen sie weiter, dann gab Barrallier den Befehl zur Rast. Die Verurteilten kümmerten sich um das Feuer und das Essen; Gogy und Bungin machten sich über die Reissuppe und das gepökelte Schweinefleisch her, nur Wogglemai verschmähte alles und briet sich eine Eidechse. Barrallier kostete davon, er fand, es schmecke besser als Opossum.

Später fanden sie einen Durchgang, der sie vom Fluss hinauf in die Hügel führte. Sie zogen über einen öden Boden durch einen lichten Wald aus Eukalypten. Nachdem sie die Höhen überquert hatten, stießen sie auf eine Ebene, voll mit Kängurus. Der Boden aus weißem Ton. Um sechs Uhr abends überquerten sie einen Bach, am Horizont Rauchsäulen. Bungin beugte sich über die Fußspuren, die sie im Lehm fanden, und meinte, das müsse Canambaigle mit seinen Leuten sein. Sie waren auf der Jagd und hatten das Land in Brand gesteckt. Nach einer Weile fanden sie die Hütten seiner letzten Expedition, dort verbrachten sie die Nacht.

Am nächsten Morgen, früh um sechs, als Barrallier dabei war, seine Sachen zu packen, kam Bungin und meinte, er habe Stimmen gehört. Er und Gogy machten sich auf, und bald vernahm Barrallier, wie die beiden auf seine Rufe antworteten. Mehrere Male erklang das »Coo-Eee«, und eine Viertelstunde nachdem er sie aus den Augen verloren hatte, kamen die beiden zurück, im Schlepptau noch zwei Eingeborene. Der eine nannte sich Bulgin, der andere, Wallarra, sah zum ersten Mal einen Weißen. Er verweigerte Barrallier den Handschlag. Gogy sprach auf ihn ein, beruhigte ihn, der Weiße sei gekommen, um Pflanzen und Kieselsteine zu sammeln. Wallarra stand da, mit verschränkten Armen, den Blick auf den Boden geheftet. Er aß nichts von dem Reis, den Barrallier ihm anbot und den Bulgin gierig verschlang. Nur den Zucker nahm dieser Wallarra, nahm dabei die Augen nicht vom Franzosen, leckte aus seiner Hand, wie die auserwählten Soldaten Gideons getrunken hatten beim Brunnen Harod. Barrallier ließ ihm eine zweite Handvoll geben, als er sich dem Mann näherte, begann der von Kopf bis Fuß zu zittern.

Der Morgen war schon alt, als sie endlich die Ochsen einspannten. Der Wagen setzte sich in Bewegung, und die beiden Neuen, Bulgin und Wallarra, begannen Grimassen zu schneiden, ihre Stimmen überschlugen sich, sie tanzten und schrien und waren nicht zu beruhigen, ließen den Karren keinen Moment aus den Augen. Barrallier ärgerte sich über sich selbst, jetzt hatte er schon fünf Eingeborene, dazu eine Frau und ein Kind, die er mitschleppen und durchfüttern musste. Er wollte bloß eine Passage durch die Blue Mountains finden, sein Herbarium nachführen, die Böden untersuchen, aber diese Kerle behelligten ihn mit ihren Bruderfehden und Frauengeschichten. Die Männer versprachen sich Schutz und Verpflegung, aber sie hielten den Trupp auf und gefährdeten seine Expedition. Barrallier hatte das Gefühl, hinter jedem Busch sitze ein Eingeborener, der entweder jemanden suchte oder selbst auf der Flucht war, etwas, was nie mit letzter Sicherheit zu entscheiden war. Man verstand diese Leute nicht. Es lag nicht an ihrem fürchterlichen Englisch oder daran, dass er ihre Grimassen nicht lesen konnte; es war ihr Denken, zu dem der Franzose keinen Zugang fand. Ob eine Drohung ernst zu nehmen war oder ob sie wie so oft im nächsten Augenblick in Gastfreundschaft umschlagen würde, ob sie lachten oder feixten, war nie zu sagen. Das Gelände bot Schwierigkeiten, aber diese meisterte er mit den Instrumenten und seinem Ehrgeiz, er wusste, was es brauchte, um einen weißen Fleck zu kartografieren. Die Leidenschaften aber waren eine Wildnis, durch die er keinen Pfad fand, in der sein Gerät und sein Werkzeug versagten. Die Eingeborenen, so schien es Barrallier, waren gefangen in einem endlosen Zwist, in einer Kette von Schuld und Vergeltung, und wer sich mit ihnen einließ, der verstrickte sich unweigerlich in ihrer Geschichte.

Sie querten schlechtes Land, bedeckt von Steinblöcken und niedrigen Büschen, der Boden ausgetrocknet. Gingen unter einem klaren Himmel über eine weite Ebene. Da und dort hohe Bäume. Kamen bald in ein Tal, wo wilde Kühe grasten. Der Franzose ließ die Tiere zählen, es waren einhundertzweiundsechzig. Einige Male schien es, als wollten die Rinder angreifen; die Soldaten stießen Rufe aus, irgendwann konnten sie passieren.

Der Boden zwischen den wassergefüllten Gräben, die das Tal durchzogen, war von den Hufen plattgedrückt, die Stämme der Krüppelbäume, die die Esplanade säumten, von den Hörnern entrindet.

Ein Bulle lag in einer Mulde. Er war nicht lange tot. Im roten Fell klafften Wunden, die er sich bei seinem letzten Kampf zugezogen hatte.

Der Franzose ließ dem Tier die Hörner absägen, dann gingen sie weiter.

Danach erstiegen sie in anderthalb Stunden eine Anhöhe, jenseits überschauten sie eine weite Ebene.

Auch hier eine Herde wilder Rinder, zweihundert – er fühlte eine Befriedigung beim Anblick dieser Tiere. Sie waren der Beweis, dass die europäische Kultur auf diesem Kontinent gedieh. Und wenn er auch scheitern mochte, diese Rinder vermehrten sich, sie hatten sich dieses Land genommen, vierzehn Jahre zuvor, als sie aus dem Lager ausgebrochen waren, am Abend nach den Feierlichkeiten zu Ehren des Geburtstags seiner Majestät, dem ersten in der neuen Kolonie.

Es war schon dunkel, als sie zurück ins Lager kamen. Bulgin und Bungin hatten ihre Frauen und zwei Kinder ins Lager gebracht. Wallarra war nicht zu sehen, und Barrallier rechnete, dass, wenn er noch jemanden mitbrächte, die Eingeborenen in der Überzahl sein würden.

Gogy berichtete, Bungin und Wallara hätten Teile eines Affen gebracht, ›Colo‹ in der Sprache der Eingeborenen. Es war ihr Anteil an der Beute, die sie auf der Jagd mit Canambaigle gemacht hatten. Der Kopf war verschwunden, es blieben nur zwei Füße übrig, in einer Form, die Barrallier noch nie gesehen hatte. Er war sicher, dass diese Kreatur der Wissenschaft bisher unbekannt war. Er bot den beiden zwei Speere und eine Axt für den Kadaver an, sie akzeptierten. Barrallier fiel auf, wie seltsam Gogys Frau den Tausch verfolgte, aus sicherer Distanz, mit rollenden Augen und offensichtlichen Äußerungen des

Missfallens. Er gab nichts darauf, er wusste, auf welche kindische Weise die Eingeborenen an Geister und Dämonen glaubten.

An jenem Abend, dem neunten November 1802, gingen zum ersten Mal Teile eines Koalas in den Besitz der Wissenschaft über, wurde seine Form in Spiritus gelegt und sein Name niedergeschrieben, aber es schien, als habe diese Tat unter keinem guten Stern gestanden, nicht für das Tier, nicht für Barrallier und seine Expedition, wie sich schon bald zeigen sollte.

Am nächsten Tag suchten sie weiter nach einer Passage und drangen tiefer in die Berge, die sich nach Südwesten zogen. An ihrem Fuß breitete sich eine Ebene aus. Sie folgten einem Fluss, der sich über Katarakte stürzte, und gegen ein Uhr nachmittags ließ Barrallier das dichte, mannshohe Gras in Brand stecken, um leichter voranzukommen. Der Morgennebel hatte sich verzogen, es hatte aufgeklart, aber eine Stunde später vernahmen sie von Osten schweren Donner. Die Männer fürchteten sich, auch Barrallier machte sich Gedanken, wen er mit dem Feuer erzürnt haben könnte, dann schalt er sich einen Hasenfuß, ermahnte sich, seinen Kopf nicht von den Schauergeschichten der Eingeborenen verwirren zu lassen, die zu ihnen zu gehören schienen wie die Tomahawks und die Umhänge aus Opossumfell. Er trieb seine Leute weiter, hinein in dunkle Wolken, die irgendwann so dick und tief hingen, dass die Welt um sie ganz verschwand, jeder in einen grauen Kessel ohne Grund schaute, in dem sich die Gefährten verloren. Erst als sie ihre eigenen Füße nicht mehr sehen konnten, hatte der Franzose ein Einsehen und ließ Hütten aufstellen. Die Eingeborenen sammelten Borkenstücke, die sie an ein paar Stangen lehnten, und in diese dürftigen Behausungen schlüpften die Menschen. Regen setzte ein, aus Osten kam eine Brise auf, und einen Augenblick später erreichte sie der Sturm mit aller Gewalt, Blitze schlugen ringsum ein, Bäume zersplitterten in Stücke, sie verkrochen sich tiefer in ihre Löcher. Bis sechs Uhr abends goss es in Strömen, die Berge von Fuß bis Gipfel in dicke Wolken gepackt, Donner von Süden, Westen und Norden, eng zusammengekauert verbrachten sie die Nacht.

Als Barrallier erwachte, war das Lager in dicken Nebel gehüllt, feuchte Schwaden hingen knapp über dem Boden, aber gegen Mittag klarte es auf. Sie bestiegen eine Anhöhe, wo sie Kängurus entdeckten, ein Gelände, das Barrallier an zu Hause erinnerte, an den Süden Frankreichs, sonnig, friedlich, pastoral. Der Ingenieur, von plötzlicher Dankbarkeit ergriffen, steckte einige Kürbiskerne in den Boden, dazu einen Aprikosenstein, danach zogen sie weiter.

Die Hügel erhoben sich sanft, und Barralliers Blick fiel auf einen Berg, der ihm leicht zu ersteigen schien und von wo er sich einen weiten Blick über das Land erhoffte. Die erste halbe Stunde kamen sie gut voran; der harte, klirrende Ruf der Fasane begleitete sie durch die Eukalyptushaine, als der Boden unter ihnen plötzlich weich und nachgiebig wurde. Er war auf ein weiteres Trugbild hereingefallen, alles was auf diesem Kontinent leicht zu sein schien, konnte zur tödlichen Gefahr werden.

In Kolonne suchten sie sich einen Weg durch Gestein und Gestrüpp, sanken ein bis zu den Knien. Immer wieder mussten sie fallenden Felsbrocken ausweichen, die ihnen die Glieder zu brechen drohten.

Nur langsam kamen sie voran. Sie mussten haushohe Felsen passieren, die im Sand keine Verankerung fanden, sondern sich bei der kleinsten Berührung lösten und donnernd ins Tal stürzten, dabei noch größere mit sich rissen. Die Männer fanden nichts, um sich festzuhalten, nur manchmal gab dürres Wurzelwerk Gelegenheit für einen Griff, daran hielten sie sich fest, zu dritt, zu viert an einem höchstens fingerdicken Strang.

Bei einem kleinen Gehölz machten sie endlich Rast. Barrallier, als er den Blick über die Bergzüge, das weite, offene, einsame Land streifen ließ, wurde von Seligkeit und Angst ergriffen. Er hatte das Gefühl, niemals eine Passage zu finden, er spürte, dass diese Berge nicht der schlechteste Ort wären, um sein Leben zu beenden.

Eine weitere halbe Stunde versuchten sie, sich dem Gipfel zu nähern, vergeblich, aber Barrallier mühte sich, weniger, weil er an den Erfolg glaubte, mehr, um den Männern ein Beispiel zu geben. Er trieb es so weit, bis er auf allen vieren kriechen musste, bis seine Hände und Füße von den schrundigen Felsen bluteten. Dann standen sie mit einem Mal vor einer Felswand, die keine Hoffnung auf ein Durchkommen mehr zuließ. Sie starrten müde und fassungslos in die Gewölbe, die sich über ihnen in der Wand öffneten, durchsetzt von Hohlräumen, die Wildhunden als Lager dienten.

Barrallier schickte ein paar Männer aus, um einen Weg um diese Felswand zu finden, er wusste, es würde nichts bringen, und setzte sich, worauf auch die Männer sich niederließen und ihre Beine von sich streckten. Sie hofften, dass die anderen möglichst lange suchen und ihre Rast verlängern würden, aber nur einen Augenblick später zuckten sie vom Knall eines Gewehrschusses zusammen. Keiner bewegte sich, bis die Männer mit einem Känguru zurückkamen, kopfüber über einen Rücken gehängt, Blut troff aus der Schnauze. Einen Durchgang hatten sie nicht gefunden, aber Barrallier wusste, dass sie überhaupt nicht gesucht hatten, ihr einziges Interesse war, die Expedition so schnell als möglich scheitern zu lassen. Barrallier entschloss sich, es für diesen Tag gut sein zu lassen und es als Nächstes weiter westlich zu versuchen, wo er dreißig Meilen offenes Land vermutete.

Sie machten sich an den Abstieg, Barrallier kam jetzt nur noch langsam vorwärts, sein Bein hatte eine üble Schramme abbekommen. Einer der Männer griff ihm unter die Arme, aber Barrallier spürte in seiner Hilfe die Aufforderung, die Zwecklosigkeit seines Ansinnens einzusehen. Der Schmerz und die Müdigkeit ließen seine Gedanken schwarz werden. In der Nähe die Fasane, sie flohen beim kleinsten Geräusch in die Bäume, und Barrallier hatte das Gefühl, die Vögel seien ein weiteres Omen, dass er nichts als Unruhe in dieses Land brachte und es sich früher oder später dafür rächen würde.

Sie erreichten die Senke, als Bungin unweit Rauch ausmachte. Er bedeutete den Männern, keinen Laut zu geben, und schlich weiter in Richtung des Feuers, um das einige Eingeborene saßen und einen Dingo brieten. Als sie Bungin sahen, griffen sie nach ihren Speeren und stürzten sich auf ihn, hielten erst inne, als sie Barrallier und die Männer mit den Gewehren erblickten. Der Franzose ließ Gogy seine Botschaft übersetzen, dass keiner Böses im Schilde führe und sie sich wieder hinsetzen sollten. Obwohl sie noch genug Wasser hatten, fragte er die Männer, nur um ins Gespräch zu kommen, wo die nächste Quelle zu finden sei. Einer erhob sich und deutete mit der Hand nach Norden, und für den Moment schien die Situation beruhigt. Gogy setzte sich in die Nähe der Fremden, das Gewehr in der Hand. Er ließ die

Runde wissen, dass er mit der Waffe umgehen konnte. Keiner beachtete ihn, nur Wallarra hieß Gogy, sich wieder an seine Seite zu setzen. Die anderen warfen Gogy böse Blicke zu und bissen sich auf die Lippen. Irgendwann erhob er sich und ging zurück zu Barrallier, wütend. Der Chef dieser Leute hieß Goondel, ein anderer Mootik, und er war der Einzige, der den Weg zur Siedlung auf der anderen Seite der Berge kannte. Aber er wollte nichts sagen, auch auf die Bitten Wallarras nicht, Barrallier verstand den Grund nicht, aber er hatte das Gefühl, es könnte etwas mit seinem Fährtensucher zu tun haben. Die Blicke, die man Gogy zuwarf, gefielen ihm nicht, und als das Fleisch verteilt wurde, erhielt jeder sein Stück, nur Gogy ging leer aus. Die Männer aßen stumm, und keiner wagte, ihm etwas abzugeben. Barrallier wandte sich an seinen Fährtensucher und wollte wissen, was hier vor sich ging, aber Gogy schüttelte den Kopf und verlangte nur, auf der Stelle von hier aufzubrechen, sein Leben hänge davon ab. Wenn sie die Nacht hier verbrachten, würde das seine letzte sein. Barrallier redete auf ihn ein, meinte, er habe nichts zu befürchten, aber er sei bereit, das Lager in einiger Entfernung zu errichten und einen anderen Weg zurück zum Depot einzuschlagen, um Goondel auszuweichen. All dies beruhigte Gogy nicht, und als Barrallier auf ihn eindrang und wissen wollte, was er befürchte, erzählte er von einem Verbrechen, das er an seinem Stamm begangen habe. Er sagte nicht, was es gewesen war, aber er habe danach fliehen müssen und schließlich bei diesem Goondel Schutz gefunden. Dort habe er gelebt, mit seinen Leuten gejagt und die Beute geteilt, bis genug Zeit verstrichen war und er es wagen konnte, zu seinen Leuten zurückzukehren. Sie schienen die Sache, was immer es gewesen sein mochte, vergessen zu haben, jedenfalls verlor keiner ein Wort darüber, und man ließ den Heimgekehrten in Ruhe. Als die Männer allerdings eines Tages eine junge Frau aufgriffen, die sich als Goondels Schwester entpuppte, nahmen sie das Mädchen gefangen, banden es an einen Baum und folterten es zu Tode. Die Männer hätten sie aufgegessen, behauptete Gogy, und es sei sicher, dass Goondel sich dafür an ihm rächen wolle. Barrallier hatte keine Ahnung, was an dieser Geschichte wahr sein könnte, aber die Feindseligkeit, die in der Luft lag, bewog ihn, von diesem Ort aufzubrechen. Er entschloss sich, den Weg zurück zum Depot anzutreten, die Vorräte aufzufüllen und danach einen neuen Versuch zu starten. Er war wütend auf Gogy, machte sich über ihn lustig und schalt ihn einen Feigling.

Bungin wollte bleiben, und wenn Barrallier das Gerede richtig verstanden hatte, mit Goondel eine Frau suchen, die dieser Bungin versprochen hatte. Sie war weggelaufen, hinein in die Wildnis, und der Franzose war froh, wenigstens einen unnützen Esser los zu sein.

Sie waren noch nicht lange unterwegs, als sie Mootik und einige seiner Männer bemerkten, keine zweihundert Meter hinter ihnen und offensichtlich bewaffnet, die Speere bereits in die Whamharha gelegt. Die Männer wurden unruhig, Barrallier gab den Befehl, den Verfolgern keine Beachtung zu schenken und weiterzuziehen, nur Gogy blieb immer wieder stehen und beobachtete jede ihrer Bewegungen mit größter Aufmerksamkeit. Er starrte in die Finsternis, murmelte wirres Zeug. Der Eingeborene war davon überzeugt, Mootik würde sie alle erschlagen. Die anderen Männer schimpften ihn einen Feigling und meinten, er habe den Verstand verloren, was Barrallier für möglich hielt.

Sie gingen durch die Dunkelheit, Barrallier hatte keine Ahnung, ob die Richtung stimmte, er folgte einfach seinem Vordermann und hoffte nur, jemand kenne den Weg. Irgendwann schienen die Verfolger sie verloren zu haben, und sie kamen an den Ort, an dem sie die Nacht zuvor verbracht hatten. Dort ruhten sie ein paar Stunden. Am nächsten Morgen fanden sie sich in dichten Nebel gehüllt, und zu allem Unglück hörten sie in der Wildnis die Rufe eines Eingeborenen. Es war Bungin, der aber keine Frau, sondern einen Knaben von vielleicht sechs oder sieben Jahren bei sich hatte. Ohne eine Frage zu stellen, schlossen die beiden sich dem Trupp an, und Barrallier fand ein weiteres Mal den Mut nicht, sie wegzuweisen. Der Junge, so behauptete Bungin, habe weder Vater noch Mutter und würde ohne ihn verhungern, weil Goondel und seine Leute den Knaben verstoßen hatten. Die ganze Nacht hatten sie nach Barrallier und seinem Trupp gesucht, bis sie gegen Morgen schließlich ihr Feuer entdeckten. Der Junge weinte, erschöpft und hungrig, Bungin hatte nichts als ein Opossum, das sie untereinander teilen mussten, und Barrallier, sich für sein Mitgefühl verfluchend, ließ den beiden Reis geben.

Als sie satt waren, behauptete Bungin, eine Abkürzung zu kennen, und prahlte, wenn er sie führe, würden sie das Depot noch vor Sonnenuntergang erreichen. Die Männer schauten ihren Anführer an, Barrallier zögerte, aber er hatte sich zu tief in die Intrigen und Legenden dieser Leute verstrickt und seine Urteilskraft verloren. Eine große Gleichgültigkeit hatte von ihm Besitz ergriffen, sein Ehrgeiz, für die europäische Zivilisation einen Weg durch diese Berge zu finden, schien ihm nun lächerlich, ein Hirngespinst wie das Geschwätz der Eingeborenen, und ohne ein Wort zu sagen, nickte er Bungin zu, und sie setzten sich alle in Bewegung, ein Zug ermatteter, idiotischer Menschen ohne Führung und Ziel.

Sie überquerten einen Fluss, folgten seinem Ufer, bis sie den Fuß der Berge erreichten. Der Aufstieg schien Barrallier zu steil, unmöglich, dass der Trupp hier einen Weg fand. Er würde seine Leute hier warten lassen und alleine mit Bungin nach einem Durchgang suchen.

Sie stiegen hinan, bald wurden die Felsen abschüssig, und der Franzose verlor immer wieder den Halt und rutschte aus. Sein verletztes Bein brannte, er fand, er habe niemals einen anstrengenderen Weg beschritten, und doch folgte er blind und beinahe taub diesem Menschen, der leichtfüßig voranschritt, von Stein zu Stein hüpfte. Mit jedem Meter, den sie vorankamen, verlor Barrallier mehr den Mut, ausgeschlossen, jemals den Gipfel zu erreichen. Die Hänge ragten beinahe senkrecht empor, jeder Versuch weiterzugehen schien sinnlos, aber der Eingeborene wollte unbedingt weiter, versicherte, er habe diesen Weg schon oft begangen. Für Barralliers Zweifel schien er kein Verständnis zu haben, und nur um sich nicht mit ihm anlegen zu müssen, weil ihm die Kraft fehlte, seinen Willen durchzusetzen, schickte Barrallier ihn los, alleine eine Passage zu finden. Er musste nicht lange warten, dann erschien der Eingeborene wieder, und sie kehrten um.

Zurück beim Trupp, hielten sie sich nach Norden, während Gogy mit einigen Männern südlich einen Weg suchen sollte. Barrallier und seine Gruppe schritten voran, passierten Schluchten, deren Grund sie nicht sehen konnten. Der Franzose stolperte vorwärts, Schwindelgefühle im Magen und im Kopf, aber nach einer Weile, er wusste nicht wie, standen sie plötzlich auf einem Gipfel, unter sich das Land, am Horizont der Ozean, die Richtung, aus der sie vor zwei Wochen aufgebrochen waren, der Anblick fühlte sich an wie Heimat.

Gegen Osten hin stiegen sie über Hügel hinab, und nach einigen Stunden erreichten sie den Bach, wo sie das Depot errichtet hatten. Gogy und seine Männer erschienen erst gegen Abend, sie hatten ihren Weg aufgegeben und waren Barralliers Spuren gefolgt, blass vor Erschöpfung fielen sie nieder, Gogys Junge wimmerte, und Barrallier, aus Mitleid, für das er sich verfluchte, reichte dem Kind ein Stück des Kängurus, das sie am Tag zuvor erlegt hatten.

Kurz darauf hörte er Geschrei, sah, wie Gogy mit einem Knüppel seiner Frau nachstellte und ihr auf den Kopf schlug, Blut spritzte, sie fiel zu Boden. Die Soldaten versuchten, den Wütenden zurückzuhalten, traktierten ihn mit Gewehrkolben. Gogy verzog sich, stürmte einen Augenblick später wieder auf seine Frau los, dieses Mal mit einem vierzackigen Speer, mit dem man Fische jagte. Er stieß seiner Frau die Waffe in den Oberschenkel, verletzte sie an Brust und Kopf, man versuchte, ihn wegzureißen, aber er griff sich eine Muskete.

Es dauerte ein paar Tage, bis Barrallier sich ergeben und seine Niederlage hinnehmen konnte. Es brauchte weitere Aufregungen, Menschen, die auftauchten und wieder verschwanden, noch einige Kinder, die sie in den Büschen fanden, gefürchtete Jäger, deren Gestalt von einem Feuer enthüllt wurde, es brauchte noch ein paar Melodien von Verrat und Verfolgung, Geflüster von Treue und Hingabe, rollende Augen, schnalzende Zungen, einen weiteren Tag, an dem sie sich zwischen den Felsen verloren, nach Stunden wieder an derselben Stelle standen, eine weitere Sonne, die gleichgültig auf alles niederschien, auf die Echsen mit den roten Bäuchen, auf die Vögel in den Bäumen, auf seinen Trupp, auf die Frauen, schwer beladen, die Kinder im Schlepptau, die Männer, die sich als Häuptlinge aufführten und selber nur im Kreis gingen. Es brauchte noch ein paar Nächte, in denen Barrallier zwischen Traum und Wachen lag und die Ochsen dröhnen hörte, ganz nah am Lager, aufsprang und die Männer die Tiere zu vertreiben hieß, es brauchte die langen Blicke, das Gekicher, als er lernen musste, dass es keine Ochsen, sondern Frösche waren, die im Sumpf hockten und den Abend zusammenschrien, es brauchte noch ein paar Aale, fett und armlang, die er halbroh zum Frühstück aß, er musste noch ein wenig in dieser Landschaft versinken, bis er einsah, dass er niemals eine Passage finden würde. Das Ziel war der Grund für das Scheitern, sein Ehrgeiz war das Hindernis, und hätte er sich treiben lassen, wäre er seinem Hunger und dem Wild gefolgt, hätte er es verstanden, die

Spuren zu lesen, nicht nur jene im Sand, sondern die Spuren, die von den Geistern dieses Landes gezeichnet wurden, vielleicht hätte er eines Tages auf der anderen Seite der Berge gestanden, ohne es gewollt zu haben. Er betrachtete das Fundgut, seine Sammlung getrockneter Pflanzen, die versteinerten Farne, die bei der geringsten Berührung zerbröselten, die Skizzen und Karten, die ihm jetzt unbeholfen und lächerlich erschienen, er sah die im Spiritus schwimmenden Gliedmaßen des Tieres – all die hilflosen Versuche, dieses Land zu verstehen, einen Platz im Bewusstsein zu finden, einen Namen, eine Koordinate. Als Barrallier zwei Wochen später in Sydney Bericht über seine Expedition erstattete und er Lob und Trost erhielt, da wusste er, dass er nicht an der Geografie, sondern an seinem Ehrgeiz gescheitert war, und die Trophäe seiner Niederlage war das Glas mit den in Spiritus eingelegten Pfoten, das er dem Gouverneur auf den Schreibtisch stellte.

Die Teile des Tieres und sein Name fanden den Weg nach Europa und erregten die Neugier der Naturforscher, doch es dauerte weitere zwei Jahre, bis man ein ganzes Tier erlegen konnte. Zwei Jäger entdeckten in Queensland einen Koala, unerreichbar hoch in einem Eukalyptus, weshalb sie das Tier von seinem Ast schüttelten. Der erste von Weißen getötete Koala fiel zu Tode, wie jener Jäger in der Legende zu Tode gestürzt war.

Ein ausgestopftes Exemplar schaffte es bald darauf in das berühmte Museum am Picadilly Circus in London, ein als ägyptischer Tempel gestaltetes Panoptikum, das einem Mr. Bullock gehörte, Fellow der Linnean und Ehrenmitglied der Dublin Society, wie er auf dem Frontispiz seines Führers durch die Sammlung anmerkte, eine Sammlung, die er in sechzehn Jahren zusammengetragen hatte, mit Auslagen von vierundzwanzigtausend Pfund. Es muss dieser ausgestopfte Pelz gewesen sein, ein fantasievoll gekürschnerter Balg, der kaum etwas mit dem lebendigen Tier zu tun hatte, den ein junger Taxonom irgendwann im Frühjahr 1815 auf seiner Reise nach London zu Gesicht bekam, im Kasten mit den Makaken, in den man auch die Flughörnchen und das Opossum steckte, jene Tiere, die einer endgültigen Einordnung in die wissenschaftliche Systematik harrten. Es sollte dieser Henri Marie Ducrotay de Blainville sein, der das Tier in die Listen der zoologischen Taxonomie einführte, im ›Bulletin des Sciences‹ der ›Société philomatique‹ des Jahres 1816, wo er den bescheidenen Versuch unternahm, das Tierreich neu zu ordnen. Da er in den bekannten Klassen keinen Platz für das seltsame Wesen fand, schlug de Blainville vor, eine neue Art einzuführen, Phascolarctos, den Beutelbären, dessen spezifische Merkmale er wie folgt zusammenfasste: Sechs Schneidezähne, vier untere Backenzähne, auf jeder Seite zwei Klauen, fünf geteilte Finger in zwei gegenständigen Gruppen, zwei innen, drei außen, äußerst kurzer Schwanz.

Gewiss betrieb de Blainville seinen Beruf mit Hingabe und Ernsthaftigkeit. Seine Klassifikation betrachtete er als höchstens vorläufig, bis sein Mentor, der große Georges Cuvier, sie überprüft hatte. Wie groß hingegen seine Zuneigung zu diesem Tier war, das er untersuchte, lässt sich aus seinem Bericht nicht schließen, aber ein Hinweis auf die Haltung, mit der er zu Werke ging, gibt eine andere Studie aus seiner Feder, die sich in derselben Zeitschrift findet. Er beschränkte sich nämlich bei seinen Klassifikationen nicht auf die Tierwelt, auf Seite einhundertdreiundachtzig derselben Revue veröffentlichte de Blainville seine Untersuchungen an Sarah Bartmaan, jener südafrikanischen Frau, die zu dieser Zeit in Europa mit ihrer Erscheinung Furore machte, das heißt, um genau zu sein, vor allem mit ihrem Hintern, dessen Größe das zahlende Publikum in den Varietés in Erstaunen versetzte. In seinem Artikel verfolgte de Blainville zwei Ziele: Erstens wollte er die niederste Rasse der Menschheit mit der höchsten der Affen, den Orang-Utans, vergleichen; ferner die möglichst genaue Beschreibung der körperlichen Anomalien ihres Geschlechtsapparats unternehmen. Es ging die Rede, dass diese Frau zwischen ihren Beinen eine sogenannte Schürze trug, eine zehn Zentimeter lange Erweiterung der Schamlippen, aber weil sie bei der Examination von de Blainville weiterhin ablehnte, sich vollständig zu entblößen, musste sich seine Darstellung auf die Beschreibung ihrer erstaunlich kurzen Füße beschränken, der langen Beine und natürlich des tatsächlich enormen Hinterns, zwanzig Zoll hoch, sechs bis sieben Zoll breit, eine einzigartige Erscheinung, wie er enthusiastisch schrieb, denn statt unmerklich aus den Lenden zu wachsen, ragten die Backen horizontal hervor. Ihre Falllinie gegen die Schenkel sei konvex und bilde an der Wurzel eine tiefe Furchung, und wenn man den Hintern anfasse, könne man sich überzeugen, dass er vor allem aus Zellfett bestehe, das erzittere, wenn die Frau sich bewege, und abflache, wenn sie sich hinsetze.

Das waren wichtige Erkenntnisse, doch das letzte Rätsel blieb ungelöst, denn selbst nach einer Annäherung, die de Blainville mit »tourmenter«, als foltern oder zumindest belästigen beschreibt, und auch nicht nach dem Angebot von Geld ließ sie ihn einen Blick auf ihr Geheimnis werfen, sondern reagierte ungezügelt. So blieb dem Forscher nur festzustellen, dass, solange die Frau aufrecht stehe, nichts zu sehen sei. Wenn sie sich bücke allerdings, erkenne man einen gewissen Schatten. Er musste die Enthüllung seinem Meister Cuvier überlassen, der die Frau schon einige Monate später in einer vorteilhafteren Position untersuchen konnte, als Leiche auf dem Seziertisch nämlich, wohin man sie nach ihrem plötzlichen Tod gebracht hatte. Es war also Cuvier, nicht de Blainville, der die größte Berühmtheit der Naturgeschichte, die Schürze der Hottentotten, der vollständigen Klärung zuführte, und es war nicht de Blainvilles Beschreibung des Beutelbären, sondern der Eintrag Cuviers in seinen »Règne Animal«, der darauf Karriere machte und die Biologen Europas inspirierte.

George Perry, der englische Schneckenforscher, schrieb, unter allen seltsamen Tieren, die aus der Neuen Welt bekannt seien, gebühre dem Koala bestimmt ein besonderer Platz, und wenn man seinen ungeschickten und unbeholfenen Körper betrachte, ganz abgesehen von seiner seltsamen Physiognomie und seinem bizarren Lebenswandel, dann fehle einem jede Erklärung, zu welchem Zwecke der große Autor der Natur ein solches Wesen erschaffen haben mochte. Und kein Naturforscher, einerlei von welchem Gemüt, hätte sich eine solche Kreatur erträumen mögen.

Weder Charakter noch Aussehen seien für einen Naturforscher von Interesse, aber da die Natur nichts ohne Grund erschaffe, sei dieses Tier ein Zeuge für den Reichtum, den Gott in seiner Weisheit erschaffen habe. Und da es weder Wölfe noch Tiger in Neuholland gebe, habe das plumpe Tier keine natürlichen Feinde.

Sein Äußeres, so meinte Perry, gleiche von weitem trockenem und totem Moos. Die Bewegungen eines solchen Tieres müssten langsam und träge sein, der Rücken sei durch das ewige Kopfüberhängen langgezogen, allerdings konnte er nichts Genaues sagen, denn noch hatte keiner der Naturforscher einen lebendigen Koala gesehen. Sie lebten von den Beschreibungen der Entdecker. Dann endlich verschiffte man zum ersten Mal ein weibliches Tier nach Europa, wo es die Zoological Society in London erstand. Das Tier hielt sich gut und machte seinen Gastgebern viel Freude. Man hielt den Koala mit besonderer Vorsicht, aber eines Nachts, auf einer seiner Wanderungen, verhedderte er sich in einem Wäscheständer und erstickte.

Doch war das Tier für die Wissenschaft nicht verloren, denn zum ersten Mal besaß man ein Exemplar, das nicht in Spiritus eingelegt war, sondern noch warm untersucht werden konnte. Man entdeckte die Membranen der inneren Häute, die eine zauberhafte samtene Textur aufwiesen, und vor allem stieß man auf das Caecum, den Blinddarm, den verhältnismäßig größten, den man je bei einem Tier entdeckt hatte.

George Perry hatte recht gehabt. Eine Kreatur wie den Koala dürfte es nicht geben, nicht nach den allometrischen Gesetzen. Ein Säugetier, das sich von Pflanzen ernährt, sollte sich an Nüsse, Beeren oder Knollen halten, es sollte sich eine Futterquelle suchen, die Fett, Zucker oder Stärke enthält, Stoffe, die vom Organismus schnell und unkompliziert in Energie umgewandelt werden können. Laub ist für einen Warmblüter keine gute Wahl, der Aufwand, der betrieben werden muss, um daraus die verwertbaren Stoffe zu lösen, ist zu groß, man braucht einen Verdauungsapparat, der bei manchen Arten, zum Beispiel bei Kühen und anderen Wiederkäuern mit ihren vier Mägen, einer Fabrik ähnelt. Je größer das Tier, umso günstiger das Verhältnis zwischen Aufwand, der bei der Verdauung des Futters anfällt, und dem Ertrag an verwertbarer Energie. Je kleiner das Tier, umso schlechter dieses Verhältnis, die Verluste werden irgendwann größer als die gewonnene Energie. Selbst Arten, die zwei- bis dreimal so groß wie Koalas sind, würden nicht in der Lage sein, genügend Energie aus faserhaltigem Material zu gewinnen. Eine mögliche Strategie wäre, die Aufnahme und die Verarbeitung zu maximieren, was die Verdauung von Zellwänden minimieren und die Aufnahme von wertvollen Bestandteilen erhöhen würde. Allerdings verhinderte die verminderte Darmkapazität bei kleineren Pflanzenfressern auch diese Strategie – Nahrungsfasern füllen den Bauch zu schnell. Dazu kommt der erhöhte Verlust von Stickstoff bei erhöhter Nahrungsaufnahme, denn Nahrungsfasern erzeugen einen hohen Abrieb der Darmwände, was wiederum einen Verlust von mikrobiologischen Zellen zur Folge hat. Stickstoffverlust ist für Laubfresser ein ernstes Problem, denn der Stickstoffgehalt in Blättern ist zu niedrig, um die physiologischen Bedürfnisse zu decken.

Kurzum: Kleine Viecher sollten besser kein Laub fressen. Aber Koalas essen nicht einfach Laub, sie fressen ausschließlich Eukalyptus, der im Überfluss vorhanden und immergrün ist. Damit ist alles gesagt, um diese Pflanze zur Ernährung zu empfehlen, es ist die übelste Kost, die sich vorstellen lässt, grobes Stroh, getränkt mit ätherischen Ölen. Eukalyptus enthält mehr unverdauliche Zellwände als jede andere pflanzliche Nahrung, es ähnelt mehr einem Stück Pappe als einem Salatblatt. Arm an Zucker, Stärke, Eiweiß, dafür reich an Terpenoiden, Ligninen, Tanninen und Phenolen. Auch Cineol kommt vor, eine Substanz, die Asthmatikern verschrieben wird. In manchen Arten finden sich hochgiftige Cyanide, und es wird angenommen, dass der Tod der Population im Zoo von Melbourne in den dreißiger Jahren des zwanzigsten Jahrhunderts auf die irrtümliche Verfütterung solcher Arten zurückzuführen ist.

Das Tier ist äußerst anspruchsvoll und heikel, wenn es um seine Nahrung geht. Manna Gum mag es am liebsten, aber etwa in der Mitte des Winters, für sechs bis sieben Wochen, verschmäht es auch dieses. Diese Zeit verdämmert der Koala in einer Astgabel und wird noch wählerischer, frisst ausschließlich Eucalyptus goniocalyx und camaldulensis.

Das Tier ernährt sich demnach von Gift, allein die Cyanide sind potentiell tödlich. An diese Nahrung muss man sich gewöhnen, als Kind schon, und weil die Blätter den Kleinen den Garaus machen würden, müssen sie mit einem Futter beginnen, das sie auf die Kost der späteren Jahre vorbereitet. Es muss etwas sein, das die Giftstoffe enthält, allerdings in einer geringeren Dosis, damit das Jungtier seinen Organismus an die Bitterstoffe gewöhnt und sich allmählich immunisiert. Es machte mich betroffen, als ich hörte, dass dieses Vorbereitungsfutter der Pap ist, ein besonderer Kot der Mutter, was diese schon gefressen und verdaut hat, es bekümmerte mich, dass dieses Tier den Dreck, den es ein Leben lang zu fressen hat, nur zu fressen lernt, weil es den Dreck seiner Mutter frisst. Es muss sich ernähren von dem, was in seiner Umwelt zu finden ist, und weil diese Umwelt nichts anderes produziert als Gifte, muss es diese Gifte zu resorbieren lernen, und es bleibt eine prekäre Existenz, eine koprophagische Existenz in einer Welt, in der das Beste, was für Jungtiere zu finden ist, aus dem Darminhalt der Mutter besteht. Um zu lernen, wie man aus einer giftigen Nahrung, der einzigen, die zur Verfügung steht, die notwendige Energie für eine Existenz gewinnt, braucht es die Faeces der Stammhalterin, die weiß, wie man ungenießbare Nahrung verwertet, wie man die tödliche Nahrung verwertet, die man fressen muss, weil es nichts anderes gibt. Es leuchtet ein, wie wenig dieses Tier sich bewegen kann und dass es seinem Baum verbunden bleiben muss, weil das Material, mit dem es seinen Organismus in Gang zu halten versucht, Dreck ist. Mit dieser Nahrung lassen sich keine großen Sprünge machen, das Tier muss sesshaft und ruhig bleiben, den Metabolismus bis an die Grenzen des Stupors drosseln.

Für einen Forscher kann es keine größere Herausforderung geben als die Beobachtung von Koalas. Die Ausrüstung ist schnell beschafft: ein Zelt gegen den Regen, ein Fernrohr auf einem Stativ, ein Feldstecher, um beweglich zu bleiben, obwohl man niemals beweglich zu sein hat. Dasselbe Material einmal in gewöhnlicher Ausführung für den Tag, einmal als Infrarot für die Nachtbeobachtung. Es macht keine Probleme, den Sender anzubringen. Man klettert zum Tier, schnallt das Gerät um den Hals und steigt wieder hinunter. Dann bleibt nur noch, das Peilgerät und das Richtmikrofon einzuschalten, bevor die Beobachtung beginnen kann. Das Tier verharrt. Es greift einen Zweig und frisst. Danach döst es. Hält auch darin inne. Sitzt und atmet. Macht einen Schritt auf den nächsten Ast. Steckt sich junges Laub ins Maul. Streckt den Rücken und schläft. So vergeht ein Morgen, ein Nachmittag. Die Nacht fällt über das Land. Zwei, drei Mal ein Bellen, das ohne Antwort bleibt. Dann wieder Ruhe. Der Sender meldet keine Bewegung.

Der Morgen graut. Das Tier frisst, bevor es sich wieder hinlegt und schläft. Ein neues Blatt sprießt. Der Baum wächst. Die Winde ziehen über den Kontinent. Die Jahreszeiten wechseln. Man findet sich in der Zeit wieder, und es ist die Zeit des Tieres, sein arhythmischer Herzschlag, sein Puls, sein Atem. Vielleicht versucht man, die Gedanken in eine stete Bahn zu lenken, während das Blut weiter durch die Organe zirkuliert und die Welt hastet, während Käfer über den Waldboden und die Schuhe eilen, während der Regen spritzt und der Bach in einiger Entfernung rasch über die Kiesel hüpft. Die Lider nur können sich nicht zur Ruhe besinnen und benetzen die Netzhaut so regelmäßig wie immer, verschließen das Auge eine Zehntelsekunde vor der Welt. Wer sehen will, hat sich dem Stupor zu nähern, jener Bewegung, die dem Tode zustrebt. Und es gibt wenige, die dabei wach bleiben und nicht in die Hölle des eigenen Bewusstseins fallen, sondern das Paradies ringsum erkennen, die Hyazinthen, Myrten und den Thymian.

Man beobachtete, wie Koalas ihr Hinterteil gegen den Stamm drücken, wenn sie schlafen, fand heraus, dass sie kein Wasser mögen, vor allem kein kaltes. Bevor sie einen Baum besteigen, pinkeln sie an den Stamm. Männchen reiben ihre Drüsen an der Borke und markieren den Baum. Zum Klettern krallen sie die Klauen in das Holz, ziehen den Körper hoch und stoßen sich mit den Hinterbeinen ab. Sie leben alleine, kümmern sich nicht um ihre Artgenossen. Man hat bis heute wenige Paarungen beobachtet. Soviel man darüber sagen kann, dauert sie kurz, zwischen sechzig und hundert Sekunden. Das Männchen besteigt das Weibchen, zieht dessen Kopf nach hinten und dringt von hinten in sie ein. Einige Stöße, dann macht sich das Weibchen mit einem Kreischen los, das Männchen antwortet mit einem Bellen und steigt vom Baum.

Wie die Partnerwahl funktioniert, ist unbekannt, unbekannt, ob das Weibchen zwischen verschiedenen Männchen wählt, aber es ist wahrscheinlich, dass sie die verschiedenen Männchen nicht voneinander unterscheiden könnte. Das Gehirn ist wohl zu klein dazu.

Weibchen nehmen von ihren Jungen im Beutel keine Notiz. Körperpflege ist ihnen unbekannt, man fand Jungtiere mumifiziert in ihrem Beutel, eingepackt in ein schweres, braunes, teerähnliches Sekret. Manchmal leckt die Mutter das Tier, aber das scheint kein regelmäßiges oder systematisches Verhalten zu sein, und Mütter bemerken es nicht, wenn man ihr Kleines gegen ein anderes austauscht.

Aus der Kloake, in die es geboren wird, klettert das Tier in den Beutel der Mutter. Dort packt es mit den Lippen eine der beiden Zitzen. Es lässt nun nicht mehr los. Seine Größe beträgt neunzehn Millimeter, es ist ein halbes Gramm schwer, siebzehn Tausendstel des Gewichtes seiner Mutter. Die Vorderbeine sind weit entwickelt, an den Fingern finden sich winzige Klauen. Die Schultermuskulatur ist ausgebildet, der Rest des Körpers hat kaum Ähnlichkeiten mit dem erwachsenen Tier. Während dreizehn Wochen lässt das Junge die Zitze nicht los. Die Augen bleiben geschlossen wie die Ohren, das Kleine ist vollkommen nackt. Nach zweiundzwanzig Wochen beginnt ein feiner Flaum die Haut des Kleinen zu überziehen, und bald öffnen sich die Augen, zum ersten Mal wagt es einen Blick aus dem Beutel, der sich im Gegensatz zu anderen Beutelsäugern nach hinten und unten öffnet, was seltsam anmutet bei einen Geschöpf, das dreißig, vierzig Meter über dem Boden lebt. Tatsächlich hat man beobachtet, wie Jungtiere zu Tode fielen, aufgrund einer Unfähigkeit oder Unachtsamkeit der Mutter, ihren Beutel zu verschließen.

Einige Jahrzehnte ohne Menschen reichten, und das Tier gedieh, bevölkerte die Wälder in einer Zahl, wie es seit der Ankunft der Jäger nicht geschehen war. Jetzt waren die meisten von ihnen tot, verendet an den Pocken, und die Wälder gehörten dem Tier. Es gab niemanden, der ihm nachstellte, keine Räuber, die klettern konnten, nur vor den Dingos mussten sie sich hüten, wenn sie von einem Baum zum anderen wechselten. Es waren die Jahrzehnte seiner größten Verbreitung, und nach und nach drangen die weißen Siedler in jene Gegenden, die einst den Jägern gehört hatten. Erst elf Jahre nach Barralliers Scheitern gelang es einer Expedition, eine Passage durch die Blue Mountains zu finden, einen Weg, durch den die Siedler mit ihren Schafen und Rindern vorstießen. Gottesfürchtige Menschen, in denen noch die Erinnerung an die alte Heimat lebte und die nichts fanden an der hiesigen Tier- und Pflanzenwelt. Nach allem, was die Wissenschaft ihnen berichtete, und nach ihren eigenen Beobachtungen erschien sie ihnen minderwertig, Produkt einer geografischen Isolation. Die Viecher waren durch die Abschottung zur Inzucht gezwungen, nur deswegen hatten diese Degenerationen entstehen können, und es war gottgewollt, wenn sie diese niederen Organismen, dieses Gekreuche, durch die Züchtungen der Zivilisation ersetzten. Was konnte gut sein an eierlegenden Säugetieren, an hüpfenden Kreaturen mit grotesken Federbeinen, an diesen glubschäugigen, trägen Wesen ohne Eigenschaften, die keine besondere Fähigkeit besaßen, so aschgrau wie stumpfsinnig und blöde in den Bäumen hingen, zu faul, um zu fliehen – wofür sollte der Herr sie geschaffen haben als zur Ernte eines ordentlichen Fells? Von durchschnittlicher Qualität, den Damen zu grob für ihre Hälse, nur als Muff diente es, um die klammen Finger zu wärmen. Immerhin war es wurmfrei. Wenn der Schöpfer etwas einzuwenden hatte, dass man sie von den Bäumen pflückte, hätte er ihnen Kampfgeist gegeben, schnelle Beine oder wenigstens eine Tarnung, aber sie waren so einfach zu finden wie zu töten. Die größte Herausforderung bestand darin, auf den Baum zu klettern, und man konnte schwerlich einen anderen Zweck in ihrer Existenz finden, als dass man ihnen den Pelz über die Ohren zog. Dazu waren sie zahlreich wie die Tauben in den Städten, in gewissen Gegenden fand man sie in jedem Strauch, ihr Gebrüll nachts war so laut, dass die Kinder davon nicht schlafen konnten. Diese Brut vermehrte sich schneller, als man sie erschlagen konnte, obwohl die Jagd, wie erwähnt, denkbar einfach war: Man holte die Tiere mit einem gezielten Schuss von den Bäumen. Es konnte allerdings vorkommen, dass sie sich mit ihren Klauen an einem Ast festhielten, und oft überlebten die Viecher auch den zweiten oder sogar den dritten Schuss aus der Büchse. Ihre Zähigkeit war das Beste, was man über sie sagen konnte, und man berichtete von Tieren, die, selbst nachdem man sie bei lebendigem Leib gehäutet hatte, zurück auf ihren Baum geklettert seien. Und weil Munition in den Anfangszeiten der Kolonie aus dem Mutterland eingeführt werden musste und kostbar war, zogen manche Trapper Gift vor. Meist war es Blausäure, die nach Einbruch der Dämmerung am Fuß eines Eukalyptusbaumes in einem flachen Blechnapf ausgelegt wurde. Frühmorgens, bevor die Dingos auf die Pirsch gingen, sammelte man die Tiere ein und häutete sie; das weiße Fleisch überließ man den Hunden oder Ameisen. Die Jungen wurden aus den Beuteln gerissen, die kleinen den Doggen verfüttert, die größeren, denen man das Überleben zutraute, freigelassen in der Hoffnung auf spätere Beute. Frauen ließ man nicht in die Nähe, weil die Schreie der verwundeten Tiere an das Gewimmer von kleinen Kindern erinnerten.

Der größte aller Jäger war Harry Bracker, der Sohn Fred Brackers, des Einwanderers aus Mecklenburg, der im Jahre 1829 mit dreihundert reinrassigen Merinoschafen aus der schlesischen Herde des Prinzen Esterhazy auf der ›Diadem‹ nach Queensland gekommen war. Harry war nach J. McInnes das zweite weiße Kind, das in den Darlings Downs geboren wurde, und da er sich schon in jungen Jahren als Todfeind aller Beuteltiere erwiesen hatte, entschlossen sich einige Gentlemen, ihm im Herbst 1877 eine ordentliche Schrotflinte zu kredenzen, und zwar einen Hinterlader der Firma ›W. C. Scott and Son, Birmingham‹. Die doppelläufige Flinte besaß zwei gefederte Hähne, die nach dem Schuss in die Ausgangsposition schnappten. Zwischen den Hähnen befand sich ein kleiner Hebel, mit dem der Verschluss betätigt wurde, wofür eine kleine Bewegung des Daumens ausreichte. Das ermöglichte eine große Feuergeschwindigkeit, und weil die Bohrung etwas verengt war, die Mündung also einen kleineren Durchmesser als der Verschluss aufwies, konnte weiter und genauer als mit üblichen Schrotflinten geschossen werden. Was zur Hoffnung Anlass gab, Mr. Bracker werde seine begonnene Arbeit im Hinterland der menschlichen Zivilisation weiterverfolgen und dieser Beutelpest weiter auf den Pelz rücken.

Tatsächlich gelangen Harry Bracker auf der legendären ›Warroo Battue‹ von 1877, die am zwanzigsten Februar begann und am zwölften April endete, nicht weniger als 808 Abschüsse. Damit lag er in der Rangliste der besten Jäger, die von Mr. J. Freestone mit 1175 Abschüssen angeführt wurde, allerdings nur auf Rang 7, auch wenn zu Mr. Brackers Verteidigung angeführt werden muss, dass er an sechs der vierzig Jagdtage nicht mit von der Partie war. Wie viele von den erbeuteten Tieren Koalas waren, wurde in den wöchentlichen Abschuss-Statistiken im ›Queenslander‹ nicht eigens aufgeführt. Entscheidend war nur die Gesamtzahl der erlegten Beutelsäuger, nämlich 16942. Ebenfalls von einiger Relevanz war die Menge verschossenen Pulvers in Relation zu den erlegten Tieren – und hier erreichte Harry Bracker im Mai 1879 die sagenhafte Quote von 72,75 Tieren auf hundert Schuss Munition.

Harry Bracker jagte für die Allgemeinheit und für seinen Ruhm, reich machte die Beute ihn nicht. Auf den Weltmärkten lag der Preis für ein Fell des Tieres zu Beginn des zwanzigsten Jahrhunderts etwas unter jenem für Nerz und Biber, jedoch über jenem für Opossum.

Ende des Jahrhunderts fanden die Jäger keine Beute mehr, in Queensland waren die Koalas ausgerottet, aber noch einmal wurden drei Jagdsaisons eröffnet, wovon eine für die Trapper besonders erfolgreich ausfiel, jene vom April 1919, als in fünf Monaten eine Million Häute auf den Markt von Sydney kamen.

Was das Tier vor der gänzlichen Auslöschung retten sollte, war die Geburt eines Nationalgefühls. Die Ursprünge als Strafkolonie wurden langsam vergessen, ein neuer Staat sollte geboren werden. Jede Besonderheit wurde zur Auszeichnung, zur Unterscheidung vom Mutterland. Aber so, wie es war, konnte das Tier nicht bleiben, man brauchte ein anderes Bild von ihm, eine Verwandlung. Die modernen Menschen ertrugen seine Existenz so wenig wie die ersten Jäger, die aus ihm einen räuberischen Gesellen gemacht hatten, der im Bund mit den Göttern stand. Nun verlieh man ihm andere, zeitgemäßere Eigenschaften, machte das Tier zu einer drolligen Figur in einer Kindergeschichte, steckte es in karierte Hosen, band ihm eine Fliege um den Hals und setzte ihm einen Strohhut auf den Kopf. In der Hand einen Spazierstock, nahm das Tier menschliche Eigenschaften an, verspürte eine Lust, die Welt zu erkunden, Abenteuer zu erleben, ein

Leben zu führen, Freundschaft zu schließen. So konnten die Menschen diesen Gesellen leben lassen, als eine Karikatur, die in ihren Augen das wahre Wesen des Tieres zeigte, so wie es gerne hätte sein mögen und von seiner wirklichen Existenz ablenkte, einem Dasein, das der Faulheit gewidmet war.

Und Faulheit war, so lernte ich, nicht hinzunehmen. Wer auf ihr bestand, musste vernichtet werden. Sein Friede wurde ihm genommen und seine Garderobe, man zerlegte ihn und versilberte die Überreste. Nur in geringer Zahl, in Zoos und Naturreservaten, zu plüschigen Kuscheltieren entstellt in harmlosen Kinderbüchern, ertrug man die Kreaturen der Faulheit. Das Prinzip ihrer Existenz, die Ehrgeizlosigkeit, sollte sich nicht frei entwickeln dürfen, zu groß war die Gefahr und die Provokation.

Was den Menschen ausmachte, war sein Ehrgeiz, das unausgesetzte Streben, die Unfähigkeit, stillzusitzen. Eine Folge der Angst, die mit ihm in die Welt gekommen war, er war die Angst, und die Angst war er, er hatte die Angst in die Welt gebracht, sie war seine Erfindung, sein Beitrag zur Naturgeschichte, und er ließ niemals nach in seinem Ehrgeiz, sie in die hinterste Ecke zu bringen. Das Wissen um die eigene unvermeidliche Vernichtung versetzte den Menschen in Schrecken, und er würde diesen Schrecken niemals beherrschen. Gott war tot, aber die Angst lebte weiter. Sie alleine regierte, vergiftete die Freundschaft, zermürbte die Liebe. Die Angst machte Geschäfte, die einen machte sie reich, die anderen stieß sie augenblicklich in den Abgrund, am Ende vernichtete sie alle. Kein Werk so groß, die Königreiche ein Haufen Dreck, alles zerfiel im sauren Atem der menschlichen Angst. Und wer die Angst fühlte, war glücklich, denn dies bewies, dass er noch nicht tot war. Der Mensch konnte wählen, ja, er war ein freies Wesen. Er konnte wählen zwischen der Angst und dem Tod.

Die Medizin gegen die Angst war der Fleiß. Der Strebsame brauchte ein gutes Paar Beine, und wer strebsam sein wollte und nicht darüber verfügte, der hatte sich zu beweisen und zu erklären. Tüchtig war nur der Starke, jeder wusste es und folgte aufmerksam seinen Übungen. Man hatte sich in Schuss zu halten. Die Arbeit war keine Strafe mehr, sie war zur einzigen Tätigkeit geworden. Die Faulheit wurde ausgelöscht und vergessen, ihre Geschichten, ihre Segnungen, ihre Blüten, ihre Verse und Lieder. Ihre Orte, die Betten und die Tische der Faulheit, waren noch da, verwandelt in Werkstätten, Fabrikationsstraßen, Verwaltungen. Der Mensch hatte die Welt zu einem Arbeitsplatz gemacht. Die Arbeit eroberte den Raum, die Faulheit legte sich in die Zeit und nahm sie sich als Liebhaberin. Faulheit mochte Schmerzen, aber sie kannte die Angst nicht. Die Erscheinungen machte sie gleich und gültig. Das Nahe und das Ferne vereinten sich, der Faule sah keinen Grund, das Gegenwärtige mit dem Zukünftigen zu vergleichen. Das Eine zu wollen und das Andere abzulehnen, das Eine dem Anderen vorzuziehen kam ihm nicht in den Sinn. Die Faulheit mochte bewerten, aber sie kämpfte nicht, und was nicht kämpfte, durfte nicht leben.

Auch ich war der Arbeit verfallen, stand bei Tagesanbruch auf, erledigte mein Soll, legte mich nur schlafen, damit ich wieder frisch war für das nächste Tagwerk. Was ich damit schuf, war Abfall, ein großer Haufen Vergeblichkeit, eine Beschäftigung um der Beschäftigung willen. Es ist unnütz, rief mir etwas zu, was du tust, ist Ablenkung, es wird nicht helfen, nicht dir, nicht deinen Kindern, nicht der Welt. Und ich lernte, woher das Wort Arbeit kam, dass es einst eine Waise bezeichnet hatte, ein Kind ohne Eltern, das sein Brot selber verdienen musste, in Knechtschaft, in Sklaverei. Und so lebten wir, so lebte ich. Außerhalb der Schöpfung. Uns wurde nichts geschenkt, was wir essen wollten, mussten wir dem Tage stehlen. Wir waren Knechte, Sklaven, jeder von uns, und unser Geist war so verdorben, dass wir nicht einmal merkten, wie krank und elend uns die Arbeit machte. Jedes Hindernis konnte nur durch noch größere Anstrengung überwunden werden.

Und ich begriff auf einmal, weshalb man es scheute, über den Selbstmord zu reden. Er war nicht wie eine Krankheit ansteckend, er war überzeugend wie ein schlüssiges Argument. Es war eine Lüge zu behaupten, dass man die Selbstmörder nicht verstand, im Gegenteil. Jeder verstand sie nur zu gut. Denn die Frage lautete nicht, warum hat er sich umgebracht? Die Frage lautete: Warum seid ihr noch am Leben? Warum verkürzt ihr nicht die Mühsal? Warum nehmt ihr jetzt nicht gleich den Strick, das Gift oder den Revolver, warum öffnet ihr nicht das Fenster, jetzt gleich?

Ein Gefäß aus Kupfer, unscheinbar, blieb noch übrig, darin eine Handvoll Asche, die an einem klaren und kalten Morgen Anfang März auf den Grund des Sees versenkt wurde, denn eine Verstreuung war das nicht, kein Windstoß kam auf, nichts stäubte, die Asche mit den perforierten Knochenstücken meines verbrannten Bruders sank mit erstaunlicher Schwere auf den Grund, an einer Stelle, wo der Kanal sich zum See weitete. Jemand meinte, er werde nie wieder in diesem Wasser schwimmen können, denn dieser See sei nun ein Grab. Das offene Wasser und dahinter die Berge, und von irgendwo näherten sich junge Schwäne, eine ganze Schule, die angezogen wurden von der Versammlung im Pavillon über der Ufermauer. Aber niemand warf Brotkrumen in den See, sondern Tulpen, Nelken und Rosen.

Wir versammelten uns auf einer Wiese neben der Kirche, einer der ältesten der Gegend, wenn nicht des Landes, vielleicht die älteste Kirche des Universums. Diese Kirche hatte Generationen kommen und gehen sehen, von der Taufe bis zum Grab, eine nach der anderen, und jeder, der sich in ihre Bänke setzte, wurde zu einem Funken, zu einer ephemeren Erscheinung.

Es hatte die Kirche schon gegeben, als von der Stadt noch nichts zu erkennen gewesen war. Der Dichter, über den ich damals meinen Vortrag gehalten hatte, hatte sie gesehen, auf seinen Spaziergängen am Ufer entlang musste er daran vorbeigekommen sein. Und schon zu seinen Lebzeiten überstieg ihr Alter die Vorstellung der Menschen, sie hatte Epochen gesehen, die längst im Dunkeln lagen, an die es kein Gedächtnis mehr gab, bloß Legenden in alten Fibeln, die nur verschrobene Gelehrte noch kannten.

Es war ein malerisches Gebäude, weiß verputzt, schlicht und bescheiden, mit einem freistehenden Turm und einem tiefen Vordach, dessen Sparren man mit der Hand berühren konnte, wenn man sich im Eingang danach streckte. Sie kam ohne Prunk aus wie alles hier, aber trotz ihrer Zurückhaltung wusste jeder, dass man auf jeden anderen Bau in der Gegend notfalls hätte verzichten können, auf die große, etwas plumpe Stadtkirche, die von jedem Punkt der Stadt aus zu sehen war, sogar auf das Wahrzeichen der Stadt, das Schloss mit den vier

Türmen, das auf jeder Postkarte zu sehen war und mit dem die Konditoren ihre Süßigkeiten verzierten. Die wahre Kostbarkeit der Stadt war diese kleine Kirche. Schon vor tausend Jahren war sie älter gewesen, als jede menschliche Erinnerung fassen konnte, und ich erinnerte mich, dass jedes Mal, wenn wir als Kinder auf einem Streifzug aus einer Laune heraus die Klinke drückten, die Tür zu unserem Erstaunen nachgab und uns eintreten ließ in die schattige Kühle, in die ewige Leere, durch die die Generationen gegangen waren. Unsere Gemüter beruhigten sich, die Stille beantwortete die Frage, welchen Schabernack wir hier treiben könnten, was sich mit den Gesangbüchern und der Orgel anstellen ließe, eine Frage, auf die wir anderswo immer eine Antwort fanden: Auf den Baustellen, wo wir nach Feierabend auf die Kräne kletterten und in die Baubaracken einbrachen; in den Schrebergärten, wenn wir die Gemüsebeete plünderten. In dieser Kirche blieben wir brav, verweilten einen Moment in Schüchternheit. Jeder, sogar Kinder, besann sich, dass er ein Funke war, der bald erlöschen würde. Ein lauter Fluch war der äußerste Frevel, den wir uns wagten, bevor wir uns zurück ins Tageslicht stahlen. Einmal im Jahr nur besuchten wir einen Gottesdienst, aber nicht zu Weihnachten und nicht zu Ostern, es war der Tag des heiligen Georg, den wir in dieser Kirche feierten, jenes Märtyrers, den man gevierteilt hatte und der zurückgekehrt war von den Toten, um sich dem menschenfressenden Drachen zu stellen. Georg, der Nothelfer, der Schutz versprach vor den Gefahren des Krieges. An jedem dreiundzwanzigsten April versammelten sich die Pfadfinder vor dieser Kirche, frühmorgens, bevor die Schule begann, und fragten sich, wie sie diesem Heiligen nacheifern konnten – und was es zum Frühstück geben würde.

Mir fiel auf, dass auch mein Bruder wie so viele Selbstmörder außerhalb der Kirchhofsmauern bestattet wurde. Vermutlich war gar niemand auf die Idee gekommen, die Totenfeier in dieser Kapelle abzuhalten, es war jedem klar: Mein Bruder hatte dort nichts verloren und nichts zu suchen, er musste draußen bleiben, für ihn gab es keinen Platz im Haus Gottes, keinen Platz in der Historie, aber mich tröstete der Gedanke, dass seine Geschichte älter war als diese Kirche.

Sie reichte zurück zu den Anfängen, in Zeiten, als es keine Könige gab und die Menschen keine Schrift hatten, weiter zu jenen, denen das Feuer unbekannt war und deren Väter und Mütter die meiste Zeit nicht aufrecht gingen, sondern halb erhoben in einer Steppe weit weg von hier nach ihren Feinden Ausschau hielten, Kreaturen, deren Ahnen kleiner gewesen waren als sie selbst und deren Ahnen noch einmal kleiner, Baumbewohner mit riesigen Augen, Lemuren, deren Vorfahren die Größe einer Maus hatten und von einem Mischwesen abstammten, einem Reptil mit weit auseinanderstehenden Gliedmaßen, einem säugetierartigen Gebiss und vor allem einem Schädelfenster, das zur Eintrittsluke für die Evolution eines größeren Gehirns wurde; die Geschichte meines Bruders reichte zurück zu den Pionieren, die als Erste das Land erobert hatten, dabei auf das Wasser angewiesen blieben, Lurche, die das Meer brauchten, um sich aus ihren Eiern zu entwickeln. Sie waren dem Ursprung des Lebens nahe, als aus anorganischen Molekülen Aminosäuren entstanden, die sich eines Tages in der Ursuppe zum ersten Organismus fügten. Mit diesem Ursprung war mein Bruder als lebendiges Wesen verbunden gewesen, er trug das Alter des Lebens in sich, eine Kette, die zerbrochen war und doch eine Geschichte erzählte, die älter war als diese Kirche, älter als jedes Gebäude, älter als selbst die Berge.

Niemand wusste, was nun geschehen würde, denn es gab keinen Pfarrer, der die Zeremonie leitete. Wo ein Altar hätte stehen können, waren Lautsprecher aufgestellt, mit einem Mikrofon, das jedem offenstand, der sich an die Versammelten wenden wollte. Zwei wagten es, und nach einigen hilflosen Worten und einer langen Stille erklang aus den Boxen ein Song aus der goldenen Ära der Rockmusik, ein Klassiker des Genres. Mein Bruder hatte diese Band gemocht, ich meinte mich zu erinnern, wie er bei unserem letzten Treffen davon sprach, bald eines ihrer Konzerte zu besuchen, was ich abgeschmackt fand, zu viel Nostalgie, waren doch, in meinen Augen, diese Musiker mittlerweile zu ihrer eigenen Kopie geworden. Der Song war dem Gründer dieser Band gewidmet, der nach der zweiten Schallplatte in den Wahnsinn geglitten und für die Musik verloren war, von dem aber die Eingeweihten wussten, dass er das wahre Genie und alles, was nach ihm folgte, bloß eine Kopie seines Universums war. Der Song begann mit einer zaghaften Orgelmelodie, unterlegt mit einem Akkordteppich, der eine dräuende Stimmung zeichnete. Es war eine Verheißung zur Vollendung, die irgendwann von einer Gitarre aufgenommen wurde und nach einer langen Tonfolge in eine Kadenz aus vier Tönen mündete, deren Wiederholung das Zeichen für Schlagzeug und Bass war, in ein Tutti einzustimmen, hymnisch und erlösend, um dann wieder abzuklingen, bevor der Sänger seine Zeilen anstimmte.

Er sang von einem Mann, der einst wie eine Sonne geleuchtet habe, dessen Augen jetzt zu schwarzen Löchern geworden seien, eine Seele, die nachts von Träumen gepeinigt und tags vom Scheinwerferlicht verbrannt werde, in seinem Wahnsinn untauglich für den Ehrgeiz dieser jungen Männer, die mit ihrer Musik die Welt erobern wollten. Sie schlossen den Verrückten aus und heilten ihre Gewissensbisse mit der Erfindung einer Mythologie, in deren Zentrum der verlorene Sohn stand, der Pfeifer, der Seher, der Gefangene, wie er in diesem Lied genannt wurde, das acht Minuten in gehöriger Lautstärke in den Nachmittag dröhnte. An den lautesten Stellen überschlugen sich die Membranen, aber die Dramatik der Musik verfehlte ihre Wirkung nicht, die Menschen schwiegen und hörten zu. Ich fühlte mich ein wenig betreten, weil das Lied einerseits zu dramatisch war, das Pathos zu deutlich, die ganze Szene mit der Flussmündung, der alten Kirche und dem Fährbetrieb nicht zu dieser Hymne passte. Es war sentimental, die Rührung der Anwesenden hilflos und peinlich, und doch hätte ich nicht sagen können, wie man meines Bruders anders hätte gedenken sollen. Es schien keine Form zu geben, mit der man ihn verabschieden konnte, keine Worte, die man hätte vortragen können, in keinem Buch standen die Gedanken, die hier Trost hätten spenden können. Vielleicht gab es nicht einmal einen Namen für das Gefühl, eine unmögliche Mischung von Trauer, Wut und vollkommenem Unverständnis gegenüber dem freien Willen, der sich hier gezeigt hatte. Kein Gedanke, der hätte zusammenfassen können, was vor sich ging, eine Erkenntnis, dass dieses Schicksal gleichzeitig einzigartig und hundskommun war, dass in dieser Entzauberung des Daseins durch die Feierlichkeit des Todes nichts zu lernen war. Es würde einem nichts übrigbleiben, als von hier wegzugehen und zu vergessen und sich treu an die Routinen zu halten, die man übernommen hatte. Nicht zu spät nach Tagesanbruch aus dem Bett zu steigen und die Arbeit aufzunehmen, die man am Tag zuvor niedergelegt hatte. Und der nächste Tag und der übernächste würden genau so sein, von Vergeblichkeit, die man verdrängen musste, damit man an seinem Leben eine Freude finden konnte, die wiederum nötig war, um bei Kräften zu bleiben, damit man die Pflicht erfüllen konnte – ein ewiger Kreislauf, den zu durchbrechen bedeutete, sich aus der Gesellschaft der Menschen zu verabschieden und die Einsamkeit anzunehmen.

Das war, was man meinem Bruder und keinem Selbstmörder verzieh: Sie hatten endgültig und ohne Widerruf die Arbeit verweigert. Es gab nichts als den Ehrgeiz, den Fleiß, die Unterordnung unter die Arbeit, die Annahme dieser Strafe. Wer sich widersetzte, starb wie jeder andere auch, aber kein Friedhof nahm seine Gebeine auf, eine Ruhestätte gab es für sie nicht, das ›Ruhe in Frieden‹ wurde nicht gesprochen und nicht als Epitaph in eine Platte gemeißelt. Mein Bruder hatte sich eingereiht in die Schar der Selbstmörder, unter die Unruhestifter, an die man nicht denken konnte, ohne selbst angesteckt zu werden von der Turbulenz, die sie hinterließen. Mein Bruder hatte nichts gerundet, es gab keine Versöhnung mit dem Chaos, er war nicht zurückgekehrt, kehrte nicht heim in Abrahams Schoß. Er hatte keinen Platz in der Ewigkeit, seine Ewigkeit war der Augenblick, der Schmerz, der mit jedem Gedanken an ihn zurückkehren würde, so lange, wie es Menschen gab, die sich seiner erinnerten. Er gab keine Ruhe, er ruhte nicht, er gab keinen Frieden, er hatte keinen Frieden, es gab kein letztes Bild im Fotoalbum, jedes Bild im Album seines Lebens war das letzte, das die ganze Existenz beinhaltete, seine Existenz hatte sich in keine Erzählung gerundet, nichts hatte sich vollendet, kein Sinn sich gezeigt, keine Moral ließ sich schließen aus dem, was er vorgelebt hatte.

Das ging mir durch den Kopf auf dem Weg an den Stadtrand, wo wir uns verabredet hatten, um etwas zu trinken und zu essen, wie es die Lebenden tun, wenn sie jemanden ins Totenreich verabschiedet haben. Ich fuhr mit einem Mietwagen, alleine, Wiesen, Äcker, ein Wald, Hochspannungsleitungen, ein Reitstall, Lagerhallen, die Stadt franste aus, eine Unordnung, irgendwo ein Friedhof, es schien mir ganz unmöglich, dass ich hier aufgewachsen war. Der Himmel immer noch klar, aber langsam, gegen Mitte des Nachmittags, wurden die Schatten länger, es wurde kalt.

Das Ziel war das Pfadfinderheim, das letzte Haus vor dem Wald, ein Zweckbau, hexagonal, in der Mitte eine Feuerstelle. Wir setzten uns in einen Raum, der gegen den Wald hinaus ging. Ich fragte mich, warum wir nicht in ein Restaurant gegangen waren – es musste gute Gründe gegeben haben. Vielleicht waren es die Kosten, vielleicht, weil man hier unter sich war und ungestört. Es gab keinen Wirt, mit dem man sich herumschlagen musste und der unangenehme Fragen stellte. Die Versammlung, vielleicht ein Dutzend Menschen, hatte etwas von einer Verschwörung, als müsse man sich verstecken, weil man zu einem Selbstmörder hielt.

Ich stellte fest, dass mein Bruder nicht da war, dass er fehlte, er war nirgends zu sehen, keine Spur, kein Zeichen, er war abwesend. In meinem Bewusstsein geisterten einige Erinnerungen herum, besonders jene an den Moment, als wir die Asche in den See geschüttet hatten und ich zu meinem größten Erstaunen feststellte, wie deutlich der menschliche Ursprung zu erkennen war. Die porösen Knochenstücke ließen keinen Zweifel. Vielleicht war es das Erschrecken über die Deutlichkeit dieser Überreste, jedenfalls wurden sie mir zu einem seltsamen Trost. Der Weg zu dieser Asche war nicht mehr weit, und er war unvermeidlich, was ich zwar immer gewusst, aber nie so deutlich gefühlt hatte. Es blieben ein paar Jahre, nicht mehr, und da es ohnehin bald zu Ende sein würde, war jede Furcht unbegründet. Es hieß zwar immer, das Schicksal sei ungewiss und die menschliche Furcht rühre von der Unsicherheit. Aber das stimmte nicht, jeder wusste, was mit ihm geschehen würde, auf nichts war mehr Verlass als auf das eigene Ende. Wenn ich mich vor dem Tod fürchtete, fürchtete ich mich vor meiner Leiche, der Idee meiner selbst als toter Körper. Aber diese Angst war nur ein Schild, um mich vor der größeren Angst zu bewahren, der Angst vor seiner tatsächlichen Gestalt, die eben keine Gestalt hatte, keine Form, sondern die reine Abwesenheit war. Über die Vernichtung des eigenen Körpers hinaus konnte der Mensch nicht denken, und ich besaß keine Vorstellung vom Nichts. Solange ich mir ein Bild vom Zerfall machen konnte, konnte ich auch an die Veränderung glauben, und sei es nur an jene der Würmer, die meine Augen fraßen. Doch war die Auflösung der Zellen ein Beweis des Lebens, nicht des Todes. Der Tod zeichnete nicht, veränderte nicht, er war kein Prozess, sondern ein Zustand, und Menschen, so ging mir auf, besaßen kein Bewusstsein für den Stillstand. Wir waren, genau wie die Kröten, Schlangen, Frösche, Bewegungsseher, und was zur Ruhe gekommen war, vermochten wir nicht zu erkennen. Deshalb zeichnete man die Bilder, die der Tod nicht zeichnete, man sang die Lieder, die der Tod nicht sang, die Visionen der Hölle und der Seligkeit, Choräle des Trostes und der Bitte um Gnade, und man sah die Toten, sah, wie die Lebenden krank wurden, wie sie spuckten, husteten, wie ihnen Geschwüre und Abszesse wuchsen. Sie wechselten die Farbe, ihre Haut wurde fahl und gelb und manchmal grün, sie lagen morgens im Bett mit einem blassen Grünschimmer, der sich bis mittags ins Bläuliche verloren hatte, man kannte Geruch und Konsistenz ihrer Ausflüsse, konnte die Farbe des Schleims unterscheiden und wusste, wann die Dicke des Stuhls Sorgen bereiten musste. Die Töne des Atems sangen einem die Lieder, die Hoffnung oder Abschied bereiteten. Der letzte Atemzug, das letzte Röcheln, das endgültige Erblassen, die finale Entkrampfung gingen über in die augenblickliche Geruchsbildung, die Augen fielen zurück in ihre Höhlen, die Kinnlade fiel und wurde hochgebunden, Totenflecken bildeten sich, da wo das Blut der Schwerkraft folgte und absackte, die Verwesung, dieses große Orchesterwerk der Natur, hob an zur Ouvertüre, und noch kämpften die weißen Blutkörperchen mit der verbleibenden Kraft gegen die Eindringlinge. Es war klar, dass man bei diesem Anblick darauf hoffen musste, dieser Prozess käme irgendwann zum Stillstand oder würde rückgängig gemacht, aber mir ging auf, dass der Schrecken des Todes darin bestand, nicht an ihn zu glauben, damit zu rechnen, es würde irgendwie weitergehen. Sobald man sich mit dem Nichts anfreundete, verlor er seine Macht.

Es gab Schinken, Brot und Wein, wir saßen eine Weile in diesem Pfadfinderheim, dem Tempel des Totems, das uns an diesen Ort geführt hatte, um eine andere Geschichte zu erzählen, eine andere Möglichkeit der Existenz, und bevor das Licht ganz schwand, verabschiedete ich mich. Als ich zu meinem Wagen ging, stürmte ein Hund auf mich zu, ein

Kläffer, von der Sorte Jack Russell, jedenfalls ein Terrier, ein Rattentöter, und packte mich am Hosenbein, worauf ein Mann erschien und das Tier wegzerrte. Ich stieg in den Wagen, fuhr nach Hause, setzte mich an den Schreibtisch und machte mich an die Arbeit.

Der Stiftung Preußische Seehandlung Berlin und der Stadt Zürich danke ich für die Unterstützung meiner Arbeit.
Thorsten Ahrend danke ich für das Lektorat.
Und Muriel: dir danke ich für alles, für jeden Abend und für jeden Morgen.

FSC
www.fsc.org
MIX
Papier aus verantwortungsvollen Quellen
FSC® C014496

Verlagsgruppe Random House FSC® N001967

1. Auflage
Genehmigte Taschenbuchausgabe März 2016,
btb Verlag in der Verlagsgruppe Random House GmbH, München

Umschlaggestaltung: semper smile, München
nach einem Umschlagentwurf von Susanne Gerhards, Düsseldorf
Foto: Phascolarctos cinereus © The Natural History Museum, London
Druck und Einband: GGP Media GmbH, Pößneck
MK · Herstellung: sc
Printed in Germany
ISBN 978-3-442-74908-9

www.btb-verlag.de
www.facebook.com/btbverlag
Besuchen Sie auch unseren LiteraturBlog www.transatlantik.de

Jenny Erpenbeck

Aller Tage Abend

Roman

288 Seiten, btb 74764

Wie lang wird das Leben des Kindes sein, das gerade geboren wird? Wer sind wir, wenn uns die Stunde schlägt?

Jenny Erpenbeck nimmt uns mit auf ihrer Reise durch die vielen Leben, die in einem Leben enthalten sein können. Von einer galizischen Kleinstadt um 1900 spannt sie dabei den Bogen über Wien und das stalinistische Moskau bis ins Berlin der Gegenwart. Meisterhaft und lebendig erzählt Erpenbeck, wie sich, was wir Schicksal nennen, als unfassbares Zusammenspiel von Kultur- und Zeitgeschichte, von familiären und persönlichen Verstrickungen erweist.

»Eine der kraftvollsten Stimmen der deutschsprachigen Gegenwartsliteratur«

Stefana Sabin, NZZ am Sonntag

»Großartig!«

Welt am Sonntag

btb

Juli Zeh

Nullzeit

Roman

256 Seiten, Broschur

btb 74569

»Vor knapp einer Stunde hat Theo mal wieder versucht, mich umzubringen. Klingt wie der Anfang eines Krimis. Ist es aber nicht.«

Eigentlich ist Jola mit ihrem Lebensgefährten Theo auf die Insel gekommen, doch als sie Sven kennenlernt, entwickelt sich aus einem harmlosen Flirt eine fatale Dreiecksbeziehung, die alle Regeln außer Kraft setzt. Wahrheit und Lüge, Täter und Opfer tauschen die Plätze. Sven muss erleben, wie er vom Zeugen zum Mitschuldigen wird. Bis er endlich begreift, dass er nur Teil eines mörderischen Spiels ist, in dem er von Anfang an keine Chance hatte.

»Ein schauderhaft schöner Psychothriller.«

Stern

»›Nullzeit‹ kann sich locker mit der Altmeisterin der spürbaren Amoral Patricia Highsmith messen.«

Brigitte